Josephs Wunder

Von der Suche nach dem Glück

Ein magischer Roman

von Jutta Kugel

© 2023 Jutta Kugel
Herstellung und Verlag: BoD – Books on Demand, Norderstedt
ISBN: 9783743181038

Juli 2019
März 2023

Vorwort

Die Schwierigkeit des Lebens ist nicht der Weg den wir gehen, sondern all das, was wir dort finden, während wir gehen.

Denn - was machen wir damit? Die Glücksmomente sind ja das eine – ihnen zu begegnen macht Freude.

Jedoch begegnen wir täglich Menschen und Dingen, die auch unser Spiegel sind. Was wir darin sehen und dabei empfinden, ist oft nicht schön. Und sich damit auseinander zu setzen erfordert all unseren Mut und unsere ganze Geduld wie auch Konsequenz.

Und doch ist es die immerwährende Chance unseres Lebens, Veränderungen zu bewirken. Menschen und Situationen kommen nicht ohne Grund ins Leben. Sie zeigen uns etwas.

Und die Fragen, die universellen und wichtigsten Fragen, die man sich stellen kann, sind:

Was ist der Sinn des Lebens - meines Lebens? Wohin möchte ich mit wem gehen? Wo ist Veränderung nötig, um zu heilen und wie sieht mein persönliches Glück aus?

Es wird Unterschiede in der Beantwortung geben. Jeder Mensch ist schließlich ein

Individuum. Und doch gibt es viele entscheidende Gemeinsamkeiten.

Jeder Mensch trägt sein eigenes, ganz spezielles Universum in sich. Wir erschaffen es selbst und Wahrheiten gibt es so viele, wie es Menschen gibt. Kein Menschen-Universum wird sein, wie ein anderes. Und das macht manchmal das Verständnis füreinander recht schwierig. Und das Glück zu finden, erst recht – wenn wir es abhängig machen von Dingen und Menschen und Umständen.

Das Leben ist ein Abenteuer und öffnet sich demjenigen, der darauf vertraut, dass alles einen Sinn hat.

Joseph über Joseph

Mein Name ist Joseph. Keine Ahnung, was sich meine Eltern bei der Namensgebung gedacht haben. Vielleicht weil sich die Bibel im ständigen Gebrauch meiner Mutter befand. Doch alle nannten und nennen mich einfach nur Jo. Außerdem bin ich ein Hirte meiner selbst. Meine Herde gedeiht mit meinen Aufgaben – und sie schrumpft wie sie auch unaufhörlich wächst. Es ist ein Kommen und Gehen, ein ewig währender Wandel. Es findet statt in meinem Herzen und meiner Seele. Jeden Tag.

Mit jeder Erkenntnis und jedem Freund, den ich gewann, kam ein neues Mitglied in meine Herde. Wenn ich einen Freund verlor oder einer mich verließ, wurde die Herde kleiner. Mit jeder Wandlung meiner Erkenntnisse und meiner Wahrheiten veränderte sich auch die Größe meiner Herde.

Ich bin heute ein Mann in den besten Jahren, wie man so schön sagt und die Einsamkeit, die mich oft umgibt, ist nicht schrecklich und öde. Ich habe die Stille zu schätzen gelernt und Einsamkeit muss nicht unbedingt bedrückend sein. Sie ist ein Förderer und Freund auf dem Weg zu mir selbst.

Jeden Tag kämpfte ich mit meinen Dämonen. Auch heute noch. Der Jo, der ich einmal war, bin ich nicht mehr. Und doch schlummert noch immer etwas in mir, das von Zeit zu Zeit aus mir hervorbricht und mich ins Schwanken bringt. Dann erinnere ich mich daran, welch große Veränderungen schon ihren Weg zu mir fanden.

Lesen Sie, was alles schon geschehen ist, das mich auf eine magische Weise verändert hat. Ich bin stolz auf mich und weiß, dass es kein Ende geben wird. Vielleicht muss ich auch nicht mehr kämpfen, sondern nur los lassen, damit die Wunder ihren Lauf nehmen können.

Einen nicht so fernen Tages werde ich zurückkehren in den Zustand, den meine Seele so gut kennt. Der Tod ist nur immer wieder die Geburt in eine körperlose und zeitlose Dimension des Lauschens und Verstehens. Und Empfindens.

Ich kann es nicht beschreiben, nur fühlen. Mit jedem Tag, der vergeht, wird dieses Gefühl intensiver und eine große Freude wächst in mir, in diese Welt der Körperlosigkeit einzutauchen. Genauso, wie dieser Drang, dieses Ziehen, wieder auf dieser irdischen Welt zu erscheinen, einmal so groß sein wird, dass ich diesen fantastischen körperlosen Zustand aufgeben werde, um als Mensch weiter zu wachsen.

Wenn ich dieses körperliche Leben lebe, habe ich ebenfalls Zugang zu dieser feinstofflichen, magischen Welt - nicht nur als Seele. Diese Tür hat sich durch meine Geburt nicht geschlossen. Eigentlich ist es ja so, dass diese Tür immer offen ist, doch ganz oft verschließen wir sie selbst. Aus Angst oder Unwissenheit. Die Realität und der Alltag nehmen uns gefangen und wir verwehren uns selbst, die Tür in die andere Dimension offen zu halten.

Viele Male habe ich mich gefragt „Warum?" und wenn ich heute auf mein Leben zurückblicke, dann sehe ich Antworten. Nicht alle Antworten, die ich gern hätte und mir wünsche, nein. Doch immerhin genug Antworten, um daraus wieder neue Fragen zu formen.

Man möchte jetzt meinen „what a f…", aber so ist das Leben. Ich denke, es ist wichtig für das persönliche Lebensmosaik. Keine Fragen mehr - kein Wachstum und keine Vollendung des Ganzen.

Wer sich das ausgedacht hat? Diese Frage habe ich mir ebenfalls schon oft gestellt und meine Antwort lautet „Gott oder das Leben selbst." Über die Jahre habe ich die Perfektion und die überragende Liebe in diesem Muster erkannt. Wobei das nicht heißt, dass ich alles verstehe. Bei weitem nicht! Doch das gehört für mich eben auch zu diesem perfekten Universum.

Ich war oft nicht in der Lage, die Zusammenhänge zu sehen. War störrisch, launisch, unbeugsam und arrogant. Doch auch liebevoll und begierig, das Leben in mich aufzusaugen.

Ein oft schräger und schwarzer Humor brachten mir nicht immer nur Freunde und Schulterklopfen ein, doch das war mir einerlei. Meine Art Humor ist eben meine Art und wer mit mir lachen möchte, soll es tun und wer nicht, der soll sich in den Keller zu seiner Humorlosigkeit setzen. Mir egal.

Ich habe gelernt, einen Egoismus zu entwickeln, der meine Bedürfnisse stützt und schützt. Nicht diesen gnadenlosen, exzentrischen Egoismus, der in früheren Jahren zu mir gehörte. Ich schäme mich immer noch dafür. Früher war mein Charakter nicht tadellos. Bei näherer Betrachtung ist er das auch heute noch nicht, doch tadellos wäre auch langweilig. Wichtig ist dabei für mich, dass ich nun in den Spiegel schauen kann und einen Jo sehe, den ich gerne anschaue.

Wo wäre ich in meinem Leben hingekommen, wenn mir nicht eines Tages die Notwendigkeit quasi wie Schuppen aus den Haaren gefallen wäre. Es ist doch wirklich einerlei und völlig egal, was deine Mitmenschen von dir denken. Du kannst tun oder auch nichts tun – sie werden genau das denken, was in ihrem eigenen, kleinen

Universum möglich ist. Ergo – mach das, was DU willst!

Eine gewisse Gleichgültigkeit habe ich ebenso erlernt. Was bleibt einem auch anderes übrig? Das hat natürlich gedauert, doch mit jedem Erlebnis, das mir zeigte, dass meine Schultern genug zu tun haben, meine Lasten zu tragen, kam ich dieser wohltuenden Gleichgültigkeit der Problematiken meiner Mitmenschen und der Gesellschaft, näher.

Mein Leben funktionierte. Lange Zeit. Bis – ja, gewisse Umstände mein Leben durcheinander rüttelten, auf den Kopf stellten und mich einen anderen Weg einschlagen ließen. Und ich bemerkte, dass Leben auch anders aussehen kann. Und das Wort „Glück" bekam eine ganz andere Bedeutung für mich.

Bis dahin war ich einer von denen, deren Gesellschaft man suchte, um Kurzweil zu erfahren, Spaß zu haben, aber nicht ernsthaft versuchte, den Menschen, den Mann zu sehen und um längerfristig zu planen.

Mir war`s egal damals. Hauptsache, ich hatte meinen Spaß.

Meine Kindheit war … nun, ich würde sagen, wie so viele in dieser Zeit. Ich war der Älteste von drei Kindern und meine

Eltern gaben sich Mühe. Das war's dann auch schon. Die Zeiten waren oft nicht rosig. Verwundungen der Seele waren an der Tagesordnung. Es zählte nur Leistung und das perfekte Funktionieren im Alltag. Über Gefühle wurde nicht gesprochen, genauso wenig über ganz persönliche Bedürfnisse. Träume wurden als Spinnerei abgetan und ein liebevolles Miteinander, nun, das gab es leider auch nicht.

Natürlich gab es auch schöne Momente in diesen dunklen Abgründen. Von diesen Augenblicken habe ich mir in meinem Innersten eine Konservierungsschublade angelegt. Oft schon habe ich diese Schublade geöffnet und liebevoll darin gestöbert. Manchmal brauche ich diese Erinnerungen, damit ich die Schublade „niemals wieder" oder „sterben wäre jetzt einfacher" überstehen kann.

Für Menschen habe ich heute keine Schubladen mehr. Oder ehrlicher gesagt: immer weniger. Diese Einsicht beruht darauf, dass ich selbst lange genug in einer Schublade gelebt habe. Menschen sind individuell, eigenartig und sonderbar und manchmal nicht zu verstehen. Und doch ist es eines jeden Menschen Recht, so sein zu dürfen, wie er eben ist. Hauptsache, er ist friedlich und fügt niemandem bewusst Schaden zu. Eine Erkenntnis, über die ich nicht immer verfügte. Sie kam mit den Jahren des Lernens.

Jaja. Edle Worte, die ich da ausspreche und die nicht immer so leicht einzuhalten sind. Immer wieder habe ich mich dabei ertappt, wie ich eine Schublade für gewisse Menschen geöffnet habe. Bis mir die Stimme meiner Seele, oder vielleicht war es auch mein Gewissen, oder beide, sanft darauf hingewiesen haben, was für einen Blödsinn ich da tue. Es erschreckte mich gleichermaßen, wie es mich auch verblüffte.

Meine Seele spricht mit mir. Da ist tief in mir etwas drinnen, etwas, das ganz und gar ich bin. Mehr „ich" geht nicht. Und diese Stimme spricht von Dingen, die ich nicht immer hören mag. Meine Seele kennt all die Wahrheiten, die auch mein Herz fühlt.

Und ich habe bemerkt, dass das Leben und die eigenen Weisheiten eine tägliche Arbeit bedeuten. Nichts ist in Stein gemeißelt und meiner Meinung nach bin ich mit jedem neuen Tag ein klein bisschen ein anderer Mensch, als gestern. Die vielen Kleinigkeiten – von den großen ganz zu schweigen – verändern mich. Es bedarf einer großen Ehrlichkeit und Empathie mir selbst gegenüber und einer ständigen Prüfung meiner Selbst.

Das hört sich jetzt dramatisch an, ist es aber nicht. Vieles davon passiert automatisch, ohne das eigene Zutun. Darin besteht auch das Verhängnis. Routine vernichtet die Klarheit und Aufmerksamkeit.

Und ansonsten sind mein Herz und meine Seele – wie schon erwähnt - redegewandte Mitbewohner. Ihre Stimme ist sehr leise, wohl um mich anzuregen, der hektischen Welt immer wieder zu entfliehen und die stille Einkehr in mir selbst zu suchen. Dann höre ich ihre Stimmen klar und deutlich.

Diese Stimmen meiner Verbündeten sind mit Gefühlen verbunden. Da kommt in mir schon wieder die Frage auf, wer sich so ein perfektes Zusammenspiel ausgedacht hat.

Tja, die Gefühle! Ich fand es immer schwer, teilweise noch schwerer und manchmal schier unerträglich schwer, mich ihnen zu stellen. Meine uneingeschränkte Aufmerksamkeit auf sie zu richten und zu hören, was sie zu sagen haben – ungemein schwer. Denn wenn ich diesen Schritt gegangen bin, kommt der nächste. Was sagen mir meine Gefühle? Wo fühle ich sie im Körper? Was machen sie mit mir? Herr im Himmel! Und dann auch noch Korrekturen bzw. Veränderungen vorzunehmen – in mir selbst und meinem sozialen Umfeld – das ist Knochenarbeit. Deswegen scheuen viele Menschen ihre Gefühle wahrzunehmen. Dann tun sie alles dafür, um sie nicht zu spüren. Auch ich tat es.

Der Mensch ist meines Erachtens ein phänomenales Lebewesen, ausgestattet mit Körper, Geist und Seele.

Schon allein, wie ein männlicher und weiblicher Körper funktionieren und miteinander harmonieren, findet meine allergrößte Bewunderung.

Ich stelle mir oft vor, wie ein Körper – wird er denn gut behandelt und mit allem versorgt, was er so braucht – wie die Rädchen eines gut geölten Perpetuum mobile auf Zeit in perfekter Kooperation seine eigene Sinfonie erfindet und spielt.

Die Melodie eines jeden Menschen ist unterschiedlich, jedoch aus den gleichen Tönen geboren. Wir alle verfügen über die gleichen Töne, das gleiche Repertoire, jedoch klingt jede Melodie anders und drückt auch etwas anderes aus. Wundervoll! Bis eines Tages der letzte Ton erklingt und die Melodie für immer verlöschen wird, ist es ein verschmelzen und neugeboren werden, ein entdecken und lauschen.

In mancherlei Hinsicht ist mein Denken dem eines Kindes nicht unähnlich. Ich denke in Bildern und meine lebhafte Fantasie tut ein Übriges dazu. Darin kann ich versinken und habe auch noch immens viel Spaß dabei. Die Vorstellungskraft und Fantasie ist eines der berauschendsten Attribute am Menschsein, wie ich finde. Meine Fantasie ist schier unendlich und darin ist alles möglich. Allein durch meine Vorstellungskraft kann ich mein Leben beeinflussen. Das ist die Sache mit dem halb vollen und halb leeren Glas.

Und da komme ich dann zum Geist und/oder auch Verstand des Menschen und zur Seele. Es gehört beides untrennbar zusammen. Ein Mensch nur ausgestattet mit Verstand oder Herz – nicht möglich. Das eine braucht das andere und umgekehrt. Das entscheidende dabei ist, die richtige Balance zu finden. Einige meiner heutigen grauen Haare sind darauf zurück zu führen, dass ich versuchte, die passende Ausgewogenheit zwischen Herz und Verstand für mich zu finden.

Auch so eine Sache, die mir fast utopisch erscheint. Wie kann eine Masse Gehirn, Gewebe und Nerven, nur denken? Wie kann mein Herz, mein Bauch, fühlen? Ich meine, da war ein wahrer und begnadeter Künstler am Werk, als der Mensch geschaffen wurde.

Doch das trifft es nicht annähernd. Nicht mal ansatzweise. Überhaupt nicht. Man könnte das mit Evolution und Dererlei erklären. Ist aber nicht mein Ding. Da fehlt mir entschieden die Magie dabei.

Für mich ist das Leben pure Magie. Vom ersten Atemzug bis zum Letzten. Wenn ich Ihnen meine Geschichte erzählt habe, werden Sie vielleicht verstehen, wie ich das meine.

So profan das auch klingen mag – es gibt wirklich Dinge zwischen Himmel und Erde, die wir erstens nicht erklären können und auch nicht begreifen werden und zweitens, die so unglaublich und unheimlich klingen, dass einem nur übrig bleibt, entweder daran zu glauben oder auch nicht.

Ich glaube daran! An die vielen Zufälle, die wundersamen Begegnungen, die an Zauberei grenzende Hilfe in der Not, die Zwiegespräche in meinem Kopf mit einer mir fremden und doch so vertrauten Stimme und so vieles mehr. Ich kann mir jetzt lebhaft vorstellen, was Sie gerade denken! Doch das ist das Leben für mich. Mein Leben. Alles ist möglich und unmöglich macht es nur mein Denken und mein Glauben.

Eines der schwierigsten Lernaufgaben war, mich selbst zu respektieren und anzunehmen. Meine Bedürfnisse und Ängste zu akzeptieren und mich als das zu sehen, was ich bin: perfekt in meiner Unvollkommenheit. Das war das Schwerste.

Zu erkennen, welchen Idealen ich nachjagte, welche Wahrheiten ich vertrat, mit welchen Worten ich bewusst verletzte und noch so einiges, auf das ich nicht stolz bin. Und in dieser Unvollkommenheit lag meine Wahrheit. Dass war die Chance, meine Narben und Wunden als Teil von mir zu erkennen und zu heilen.

Der Hirte in mir versucht, seine Herde zusammen zu halten und sie vor den Wölfen zu schützen. Manchmal mit allen Mitteln.

Ich bin ein Grenzgänger zwischen den Welten. Beide Welten sind mir sehr vertraut. Sie tragen ihre eigenen Gewissheiten und Geheimnisse in sich und verbinden in Liebe ihre Energie mit meiner.

Doch ich will von Vorne beginnen. Lesen Sie meine Geschichte und urteilen Sie selbst. Das, was ich erzähle ist magisch und offenbart viele Wunder. Ich brauchte einige Zeit, um das zu sehen und zu verstehen.

Die Spinne

Eines Nachts schreckte ich aus dem Schlaf hoch. Um mich herum war es dunkel, nur der Mond warf sein bleiches Licht zum Fenster hinein. Es war still, so still, dass ich für einen kurzen Moment befürchtete, taub geworden zu sein. Meine Augen suchten hektisch in meinem vom Mondlicht spärlich erleuchteten Zimmer nach irgendetwas, das mein plötzliches Erwachen erklären würde.

Dann sah ich sie und zuckte zusammen, zog meine Bettdecke dichter an mich heran und versuchte die Schweißperlen, die auf meiner Stirn wuchsen, zu ignorieren. Sie saß auf der gegenüberliegenden Wand, nahe dem Türrahmen. Ich hörte ein leises Rauschen oder Klappern, wie das einer Klapperschlange und erschauderte erneut. Hypnotisiert starrte ich sie an.

Mit einem Plumps fiel sie von der Wand und ihre acht üppig behaarten Beine krabbelten auf mein Bett zu. Und ich kreischte wie ein wildgewordener Affe „Nicht auf mein Bett! Nicht auf mein Bett!!"

Ich hörte sie leise lachen und bevor ich erneut einen Kreischanfall bekommen konnte, war sie mit einem eleganten Satz auf mein Bett gehüpft und saß mir gegenüber auf der anderen Seite meines Bettes und sah mich interessiert an.

Mein Gott, war sie groß! Ich konnte jedes Haar auf ihren acht Beinen sehen und ihre blanken, schwarzen Augen, die auf mich gerichtet waren. Ihr riesiges Kauwerkzeug bewirkte, dass mein Kiefer nach unten sank und das blanke Entsetzen in meinen Augen stand.

„Was machst du nur für ein Theater?" Ihre Frage klang herablassend.

„Ich habe Angst vor dir", sagte ich mit brüchiger Stimme „Du bist so groß und furchteinflößend." Meine Finger krallten sich in meine Bettdecke und ich dachte an all die schrecklichen Geschichten, die ich bisher über Spinnen gehört oder gelesen hatte.

„Glaubst du jeden Mist? Und ehrlich gesagt finde ich dich auch nicht besonders schön."

Sie machte eine kleine Pause, bevor sie fort fuhr:

„Tja nun bin ich halt mal hier. So können wir die Zeit ja auch nutzen, uns kennen zu lernen." Ich hörte sie seufzen. Sie schien genauso begeistert zu sein mich zu sehen, wie umgekehrt.

„Ach weißt du, das Leben spült einen manchmal an Strände, die man von sich aus nie besucht hätte. Trotzdem kann man ja das Beste daraus machen, findest du nicht?"

Ihre haarigen Beine flatterten unruhig auf der Bettdecke und sie machte ein, zwei Schritte auf mich zu. Ihre riesigen Augen waren nun nicht mehr sehr weit entfernt von mir und ich konnte mich in ihnen sehen. Sie waren schwarze, blanke Spiegel und ich sah mein entsetztes Gesicht darin.

Ich nickte nur andeutungsweise und so sprach die Spinne weiter:

„Leider kann ich nicht verstehen, warum du dich vor mir fürchtest? Habe ich dir jemals etwas getan, das deine Angst rechtfertigen würde? Ich glaube fast, du fürchtest dich vor der Angst!"

Die Spinne bebte vor unterdrücktem Gelächter.

Meine Stimme war verschwunden, wie die untergehende Sonne am Horizont. So hob ich die Schultern und verzog das Gesicht.

„Siehst du", und ich hörte eine gewisse Genugtuung in diesen zwei Worten.

„Wenn ich vor allem davon rennen würde, was mir Angst macht und mich erschreckt, würde ich den ganzen lieben langen Tag nichts anderes machen, als rennen. So ist das."

Als ich wieder nichts darauf erwiderte, sprach sie weiter:

„Angst ist das Gegenteil von Mut und Angst macht dich angreifbar und vernichtet dein Urteilsvermögen. Angst raubt dir Chancen und trübt deine Lebensfreude, raubt dir all deine Kräfte."

Die Spinne machte wieder einen Schritt auf mich zu.

„Hast du schon mal was von Vertrauen gehört? Vom Vertrauen ins Leben?"

Schon wieder schüttelte ich meinen Kopf, doch meine Fäuste, die immer noch die Bettdecke festhielten, entspannten sich ein wenig.

„Sieh mal", dabei hielt sie zwei ihrer Beine nachdenklich an ihr Kinn. Darüber erstreckte sich ihr beachtliches Kauwerkzeug, das verdächtig klackerte und ich schluckte.

„Angst zu haben ist manchmal eine ganz gute und nützliche Angelegenheit. Ansonsten macht sie dich bewegungsunfähig. Überleg mal ein wenig - du kannst Angst auch verwandeln in Neugierde, Courage und Hoffnung?"

Ein paar Minuten passierte nichts. Ich dachte wirklich darüber nach, was mir das große, schreckliche Ungeheuer gerade eben gesagt hatte und dann nahm ich all meinen Mut zusammen und fragte sie:

„Darf ich dich anfassen?" Und da hörte ich die Spinne lachen. Ihr Lachen klang, als schüttle sie hunderte von kleinen Glöckchen und ich war fasziniert davon.

Sie näherte sich mir noch mehr und als ich eine Hand ausstreckte, streckte sie mir eines ihrer acht Beine entgegen. Sanft fuhr ich darüber und war erstaunt, wie weich die Haare waren, die ihr Bein ganz überzogen. Sie sahen so borstig aus und ich war verblüfft.

So wurde ich mutiger und beugte mein Gesicht zu ihr hinunter. Ich hielt einen Finger vor ihr imposantes Beißwerkzeug und sie zwickte mich ganz vorsichtig damit.

„Wow", entfuhr es mir. Ich wusste, dass sie mich nicht verletzen würde. Sie wollte mir nur gestatten, sie auf eine ganz andere Art zu entdecken.

„Nochmal", feuerte ich sie an und sie biss wieder ganz vorsichtig zu.

Ein paar Mal ging das noch so und dann fragte ich sie, warum sie zu mir gekommen war.

„Wollte dich kennenlernen. Ich war neugierig auf dich …", war alles, was sie darauf sagte.

Ich lehnte mich in mein Kissen zurück und dachte wieder über ihre Worte nach. Sie wollte mich nur kennenlernen. Einfach kennenlernen.

Und während ich noch ihren Worten nach sinnierte, fielen mir die Augen zu und ich schlief wieder ein.

In dieser Nacht hat mir die Spinne ein unschätzbares Geschenk gemacht. Nicht nur, dass ich seit diesem Zeitpunkt nie wieder eine Spinne getötet habe, nein, ich versuchte jedes Mal, wenn ich auf etwas traf, das ich nicht kannte, zu erfahren, was nicht offensichtlich war. Dadurch habe ich viel mehr über die Dinge erfahren, als ich mir jemals vorstellen konnte. Das ist bis heute so. Das nicht gleich Offensichtliche sehen und einen zweiten Blick riskieren, der mich der Wahrheit näher kommen lässt.

So viel liegt in den Dingen und Menschen verborgen. Viele Geheimnisse, die es zu entdecken gilt. Die Geheimnisse sind auch meine – ich sehe sie und eine Gänsehaut überläuft meinen Körper. Ich finde eine Sprache, die ich verstehen und entschlüsseln kann. Dazu braucht es Pioniergeist und Vertrauen. Und das funktioniert, weil wir alle Dinge eines großen Puzzles sind. Teil eines großen Ganzen.

Auf dem Friedhof

Ich war ein ganz hübscher Kerl. Groß, mit breiten Schultern. Kein klassisch schönes Gesicht, nein das nicht, aber mit Gesichtszügen die anregten, genauer hinzusehen. Meist – als ich alt genug war – trug ich einen Bart. Heute ist er von grauen Fäden durchzogen. Das macht mir nichts aus. Nicht mehr. Das ist das Leben. Und ich finde, dass mich das noch interessanter wirken lässt. Habe ich schon erwähnt, dass ich eitel bin? Dieses Laster konnte ich nicht liquidieren. Ich schaue gern in einen Spiegel.

Als ich jung war, fielen sie mir nicht besonders auf, die wunderbaren Attribute der Jugend. Nur heute, da weiß ich, was ich hergeben musste, was ich vermisse und was unwiderruflich vergangen ist. Auch mein Körper weist mich sanft mit kleineren bis größeren Einschränkungen darauf hin.

Es gab eine Zeit, da war ich wütend darüber. Wieso muss man alt werden? Mit all den Abstrichen, die daraus erwachsen. Was für eine Plage! Der Körper zerfällt und wenn man Pech hat, auch noch der Verstand. Soll das etwa den Abschied erleichtern? Vieles wird schwerer zu tun, manches ist gar nicht mehr möglich und zu allem Unglück ist das Ganze mehr als offensichtlich.

Ich war wirklich ungehalten und beschwerte mich ständig darüber. Doch je mehr ich darüber maulte, je schwerer fiel es mir, das Älter werden. Innerlich schimpfte ich was das Zeug hielt und jeder, der mir sein Ohr schenkte, bekam es zu hören. Im Nachhinein muss ich sagen, dass Negativität durch mich eine neue Dimension erreichte.

Morgens, wenn ich aufstand und abends, wenn ich zu Bett ging, schwebte über mir eine dunkle Wolke und mit der Zeit wurde es zur Gewohnheit. Das ich schimpfte und maulte und mich beschwerte. Über alles. Nichts und niemand wurde verschont.

Auch bemerkte ich, dass ich mich immer schwächer fühlte, meiner Energien beraubt. Da grandelte ich noch mehr. Es war ein Teufelskreis. Meine Mitmenschen mieden mich in dieser Zeit und ich war so arrogant, nur meine Schultern zu heben und „pfffff" zu sagen.

Und ganz ehrlich – ich fühlte mich immer schlechter. Wenn die Sonne schien, war es mir zu heiß, schien sie nicht, fror ich. Das Essen war zu salzig oder schmeckte fad. Nachts konnte ich nicht schlafen, weil eine innere Unruhe und Unzufriedenheit in mir rumpelte, wie die Backsteine im Magen des Wolfes im Märchen. Und ich fühlte keinerlei eigene Schuld an meinem Unwohlsein. Im

Gegenteil! Ich fühlte mich im Recht mit allem.

Eines Morgens schlenderte ich über den Friedhof. Da hatte ich wenigstens meine Ruhe, denn so früh war keiner unterwegs. Ich lief die Wege entlang und eigentlich hätte ich Gott wer weiß wo laufen können – denn ich sah um mich herum nichts und niemanden. Als hätte ich Scheuklappen links und rechts an meinen Schläfen. Man nennt es wohl auch Tunnelblick.

Verdrossen setzte ich mich auf eine Bank, die genau neben einer Grabreihe stand. Es dauerte nicht lange und meine Ruhe wurde empfindlich gestört.

Es kam eine Frau auf mich zu. Sie war blass und abgemagert. Ihr Blick hatte etwas Beunruhigendes für mich und ich war nicht begeistert, als sie sich zu mir auf die Bank setzte.

Trotzig wendete ich den Blick ab und ignorierte sie in der Hoffnung, dass sie dann weiter ging und mich in Ruhe ließ.

Ich spürte ihre Anwesenheit in jeder Zelle meines Körpers. Es war, als würde sie Besitz von mir ergreifen. Mein Herz zog sich in großer Qual zusammen und als ich gerade aufstehen wollte, fing sie an zu sprechen:

„Das dritte Grab hier in der Reihe ist meines."

Der Zeigefinger ihrer rechten Hand zeigte in die Richtung und ich schloss für einen kurzen Moment die Augen. War sie vielleicht weg, wenn ich meine Augen wieder öffnete?

Doch Pustekuchen! Sie sprach einfach weiter:

„Als ich noch warm war, noch lebte, sah ich nicht die Schönheit, die in mir wohnte. Ich sah nicht die wunderschönen Blumen am Wegesrand und den berauschenden Sonnenaufgang am Morgen. Gespräche verabscheute ich, denn ich wollte nicht hören, was andere zu sagen hatten. Meinem Mann machte ich das Leben zur Hölle, es war mir nie genug, was er alles tat. Und ich haderte mit meinem Leben, dass ich alt wurde und sich nichts veränderte, dass mein Leben verging und sich nichts von meinen einstigen Zielen und Wünschen erfüllte. Natürlich machte ich nicht mich dafür verantwortlich. Es waren die Umstände und die Ungerechtigkeit des Lebens, auf die ich die Schuld abwälzte."

Jetzt sah ich sie aufmerksam an, denn sie hatte mein Interesse geweckt. Dass sie eigentlich nicht hätte neben mir sitzen dürfen oder können, ach ja – da hatte ich schon unheimlicheres erlebt.

Ich sah, wie sie ihre Hände in ihrem Schoß verknotete und die Knöchel traten weiß hervor, so fest drückte sie ihre Hände aneinander.

„Ich würde alles geben", sagte sie mit tränenerstickter Stimme „Um mein Leben noch mal von vorne beginnen zu können. Ich war so dumm und egoistisch. Ich habe so viel verpasst und mich an Dinge geklammert, die es nicht wert waren."

Mir fiel nichts ein, was ich hätte sagen können und so blieb ich einfach sitzen und sah sie weiter an. Irgendwie fühlte ich mich ertappt.

„Dann wurde ich krank. Sehr krank und mein Mann, den ich so schlecht behandelt hatte, kümmerte sich liebevoll um mich. Das beschämte mich. Auch jetzt noch. Er bringt jede Woche frische Blumen und stellt sie in eine Vase auf mein Grab. Er lehrte mich in der kurzen Zeit, die mir noch blieb, was Liebe und Dankbarkeit sind und was sie bewirken."

Plötzlich hob sie ihren Blick und sah mich direkt an.

„Mach nicht die gleichen Fehler wie ich!" Ihre Worte waren voller Inbrunst und eindringlich an mich gerichtet und ich sah, wie ein paar Tränen an ihrer Wange hinab rollten.

Ich hatte mir immer eingebildet, ein knallharter Kerl zu sein. Nix da mit Gefühlsduselei und dergleichen. Doch sie, die eigentlich nicht neben mir sitzen konnte aus Gründen des nüchternen Menschenverstandes, brachte mein Herz in Aufruhr. Und sie vermittelte mir im Hauruck-Verfahren, dass ich das Wort „unmöglich" immer mehr mit einem Lächeln betrachtete.

Im übertragenen Sinne hatte sie mit ihren Worten eine Decke um mich gelegt, die mich wärmte, wobei mir nicht bewusst gewesen war, dass ich fror.

Als ich für einen Augenblick meine Augen schloss, um mich zu sammeln, war sie fort. Was jedoch blieb, war die „warme Decke", die meinen Körper umschloss.

Es wunderte mich nicht, dass ich sie gesehen habe. Meine Antennen zur anderen Welt sind sehr aufnahmefähig. Die Schrecken zu Anfang, die mir diese Begabung bescherte, verflogen so schnell, wie ich mir ihrer bewusst wurde. Heute weiß ich, dass alle Menschen, besonders Kinder und Tiere, über sie verfügen. Es gehört zur Grundausstattung. Doch wenn diese Gabe nicht genutzt wird, oder abtrainiert wird, verkümmert sie.

Die nächsten Tage und Monate verbrachte ich mit Nachdenken. Es dauerte einige Zeit, bis ich ehrlich genug zu mir selbst sein konnte. Und auch dann noch brach der alte Joseph immer wieder durch. Ich hatte ihn noch nicht ganz durchschaut. Wusste ihn oftmals nicht einzuschätzen und hatte verdammte Angst, mich näher mit ihm zu beschäftigen oder mich ganz auf ihn einzulassen.

Er erschreckte mich, wie er mich auch faszinierte. Der alte Joseph war mir vertraut, doch seit diesem Erlebnis zweifelte ich daran, ob ich so sein wollte. Es wurde ein langer Weg für mich, den alten Joseph loszulassen und den neuen willkommen zu heißen.

Joseph und die Liebe

Diese Begegnung auf dem Friedhof hatte eine mächtige Lawine in mir in Gang gesetzt. Ich lief gedankenverloren durch die Tage und die Nächte starrte ich an die dunkle Decke meines Schlafzimmers. Übrigens – die große, furchteinflößende Spinne sah ich nie wieder.

Zu diesem Zeitpunkt hatte ich schon eine beachtliche Anzahl an Lebensjahren hinter mich gebracht. Wenn dann die Notwendigkeit praktisch mit Kanonenkugeln auf einen abgefeuert wird, alles zu überdenken, was man als Mensch zu sein scheint, dann ist das in etwa so, als wäre man in einen Vulkan gefallen. Zuerst brannte und verbrannte ich, bis ein nacktes Nichts von mir übrig blieb, um dann in einer Art Neugeburt ausgespuckt zu werden.

Ich war hilflos. Meine Festplatte hatte Schaden genommen. War teilweise gelöscht oder noch immer falsch programmiert. Den frei gewordenen Speicherplatz wusste ich nicht zu füllen. Zu viel war in mir passiert und meine Gedanken verhedderten sich. Und das war bei weitem erst der Anfang.

Und ich sehnte mich nach Menschen, die mich verstanden und mir helfen konnten. Wenn ich nachts an die Decke starrte, vermisste ich schmerzlich die Nähe einer

Frau. Und auch eine wahrhafte Liebe. Doch das wurde mir erst später klar. Das dauerte noch eine Weile, bis ich begriff, was Liebe wirklich ist.

Bis dato war die Liste von Frauen beachtlich, mit denen ich Zeit verbrachte. Das heißt, ich hatte Affären massenweise. Gefiel mir eine, baggerte ich solange, bis ich sie gewann. Es war mehr ein Spiel für mich und die Befriedigung meiner Lust. Frauen waren Objekte. Meistens meiner Begierde. Das wirft kein gutes Licht auf mich, dessen bin ich mir bewusst. Doch es war mir egal. Viele dieser Frauen – da bin ich mir absolut sicher – liebten mich wirklich und wünschten sich eine Zukunft mit mir. Ich war ein blöder, arroganter Scheißkerl.

Mein Ego feierte mich und ich entwickelte ungeahnte Fertigkeiten, um einerseits die Frauen bei Laune zu halten und andererseits wenigstens auch ihrer Lust genügen zu können. Schließlich hatte ich einen Ruf zu verlieren. War ich gelangweilt, sagte ich „bye bye" und begab mich erneut auf die Jagd.

Glücklich war ich in dieser Zeit nicht. Ich glaubte es, dass ich glücklich war. Es gab Momente, da redete ich mir das ein. Doch es war immer nur ein kleines, wirklich kleines, flüchtiges Glück. Ich wollte frei sein und bleiben, keine Verantwortung übernehmen und das tun können, wonach mir war.

Dass ich Menschen dabei verletzte und kränkte – daran dachte ich nicht eine Sekunde lang. Die Oberflächlichkeit, die ich an den Tag legte, ließ mich schweben, wie einen Heißluftballon, der nach oben gepuscht wurde, durch jede Flachheit und Geistlosigkeit meinerseits.

Doch die Begegnung auf dem Friedhof ließ mich innehalten. Und mir fiel auch wieder die Spinne ein, die bei mir auf dem Bett gesessen hatte.

Alles andere an Zeichen und Warnungen bis dato hatte ich geflissentlich übersehen. Alles in allem betrachtet muss ich aus heutiger Sicht leider feststellen, dass ich ein nicht zu übertreffender, selbstgerechter Egomane gewesen bin. Nicht zu vergessen meine Arroganz und meine nicht vorhandene Empathie. Ich hab keine Ahnung, wohin ich das Gegenteil dieser Negativ-Attribute während der ganzen Zeit verbannt habe. Es war immer in mir – das Gute und Schöne. Natürlich. Im Verdrängen hatte ich aber ein überdimensionales Geschick entwickelt. Mein Herz und meine Gefühle verbannte ich ins Takka Tukka Land – also ziemlich weit weg. So hatte ich meine Ruhe vor ihnen und konnte meinen desaströsen Prinzipien treu bleiben. Was mir jedoch dadurch verborgen blieb, waren meine innersten Wünsche und

Sehnsüchte und die Stimme meines Herzens und meiner Seele.

Und dann begegnete ich ihr.

Ich befand mich immer noch im Wirrwarr meines Seins und hatte kurzfristig mein Selbstbewusstsein zuhause vergessen. Das kam zur Zeit sehr oft vor und ich fragte mich, wie das mit mir weiter gehen sollte. Ich war mir selbst fremd. Was passierte mit mir? Doch etwas tief in mir drinnen – das ich noch nicht recht verstand – beruhigte mich und gab mir das Gefühl, das ich die richtige Abzweigung auf der Straße des Lebens genommen hatte.

Ich ging mindestens dreimal die Woche zum Italiener meines verwöhnten Gaumens. Ich war ein guter Kunde und wurde auch so behandelt. Das Essen war wundervoll und die wechselnden Tagesgerichte erwartete ich mit großer Vorfreude. Das Lokal, das klein und verwinkelt war, hatte nur sieben oder acht Tische, aber genau das machte seinen Charme aus. Diese Woche war ich schon zweimal dort gewesen und an diesem Freitag, als ich das dritte Mal auf einen Tisch zusteuerte, fiel sie mir sofort hinter dem Tresen auf.

Ich hatte sie hier noch nie gesehen, also war sie wohl neu in der Truppe. Von meinem Tisch aus konnte ich sie gut sehen – da war es wirklich ein Glück, dass das Lokal relativ klein war. Ich hielt mir die Speisekarte vors Gesicht und linste verstohlen darüber, um sie anzuschauen.

Sie war nicht schön im eigentlichen Sinne und hatte sicherlich keine Traummaße. Doch etwas an ihr zog mich sofort an. Ich schätzte sie etwa auf einssechzig, also relativ klein. Ihr Haar war kastanienbraun und dick und zu einem adretten Bob geschnitten. An ihren Ohren hingen silberfarbene Kreolen und auf ihrer Nase saß eine kecke randlose Brille. Der zartrosa Lippenstift stand ihr ausgezeichnet, ihre Augen waren dezent geschminkt und die Augenbrauen lagen in sanften Bögen über ihren bernsteinfarbenen Augen. Die fielen mir sofort auf. Diese Augenfarbe hatte ich noch bei keinem Menschen gesehen. Sehr außergewöhnlich und ich war fasziniert.

Meine Augen glitten an ihrem Körper hinab – just in diesem Augenblick sah sie zu mir herüber und ich steckte meine Nase schnell in die Speisekarte zurück und hielt sie mir vor die Augen. Das war sonst gar nicht meine Art. Normalerweise hätte ich ihren Blick gesucht und dann festgehalten.

Dann lugte ich vorsichtig hinter der Speisekarte hervor. Ja, sie sah mich nicht mehr an und so konnte ich mit meiner Musterung fortfahren.

Sie hatte Rundungen an den richtigen Stellen und diese steckten in nicht modisch aktueller, aber durchaus adretter Kleidung.

Ihre Hände waren schmal und feingliedrig. Sie trug nur einen in sich verschlungenen Silberring.

Ich legte die Karte beiseite und kurz darauf machte sie sich – mit einem kleinen Block und Kugelschreiber bewaffnet – auf den Weg zu mir. Mein Hals wurde in der kurzen Zeit staubtrocken. Sehr merkwürdig, fand ich. Ein neuer Jo.

„Was darf ich Ihnen bringen?" Ihre Frage war in diesem Moment völlig in Ordnung, doch ich starrte sie nur an.

Ihre Stimme gefiel mir. Weich und nicht zu hoch. Frauen mit hohen Stimmen schrecken mich ab. Ihre jedoch war samtig und ich verlor mich in meinen Gedanken.

Mittlerweilen klapperte sie mit ihrem Kugelschreiber ungeduldig auf ihren Block und sah mich fragend an.

Mir war, als hätte ich vergessen, wie man spricht. Ich kam mir vor wie ein Idiot.

Sie verdrehte gerade die Augen an die Decke und war im Begriff, sich umzudrehen, als ich endlich auf ihre Frage antwortete:

„Das Tagesgericht bitte und ein Glas Rotwein."

Sie atmete erleichtert auf und verschwand. Ihr Duft, ihr Geruch, blieb noch einen Augenblick bei mir hängen und ich atmete ihn tief ein. Sie roch nach Liebe und Sonne, nach Aufrichtigkeit und Vertrauen. Und noch etwas anderes war da – beschreiben kann ich es nicht – es war, als würde ihre Seele für einen Moment meine berühren. Ich hielt die Luft an und schloss die Augen. Und ich sah, wie sie sich zu mir umdrehte und ihr Blick war fassungslos. Sie hatte es auch gespürt. Da war ich mir sicher.

So lernten wir uns kennen und sie hatte bestimmt nicht den besten ersten Eindruck von mir. Sie ging mir nicht mehr aus dem Kopf. Irgendwie war sie so ganz anders, als die Frauen, die mir bisher gefielen. Immer, wenn ich ins Lokal ging, schaute ich umher, ob sie da war. An den Tagen, an denen sie anscheinend frei hatte, fehlte etwas. Und ich begriff schnell, dass sie für mich etwas Besonderes war. Wir sprachen aber nie mehr, als dass ich meine Bestellung aufgab und dann am Schluss bezahlte. Sie war freundlich und höflich, doch leider war`s das. Ich gab ihr immer reichlich Trinkgeld.

Dann, eines Nachts, träumte ich von ihr:

Sie saß auf einer rosaroten Wolke und trieb am Himmel entlang. Ihr Haar, das auf einmal sehr lang und feuerrot war, flatterte im Wind. Sie hatte ein Ruder oder Paddel in den Händen und mühte sich ab, voran zu kommen. Ihr Gesicht war angespannt von der Mühe, die sie sich gab. Und mit einmal sah ich auch, warum sie möglichst schnell das Ruder links und rechts in die Luft stach, um an Fahrt zu gewinnen.

Zuerst war es nur ein kleinerer Drache. Er schwang mühelos seine Schwingen und hatte überhaupt keinen Stress, sie zu verfolgen. Gehetzt schaute sie sich immer wieder um. Und der Drache multiplizierte sich. Der erste Drache wurde von einem anderen verfolgt und wenn ein Drache den ersten eingeholt hatte, verschmolz er mit ihm und wuchs. So geschah es in einem immer wiederkehrenden Lauf. Mittlerweile war er riesengroß und die kleine rosa Wolke, auf der sie saß, war nur ein kleiner Klecks am Himmel.

Im Traum spürte ich ihre Angst und Verzweiflung und auch den Moment, an dem sie aufgab. Sie zog das Paddel auf die Wolke, atmete hörbar aus und senkte den Kopf. Es war eine Geste der Kapitulation.

Und der riesige Drache riss sein Maul auf und verschlang die rosafarbene Wolke mit ihr darauf.

Dann wurde es dunkel und sie hörte nur einen - ihren eigenen schnellen Herzschlag.

Bumbum ... bumbum. Ein Staccato der gefühlten Angst.

Ich wälzte mich in meinem Bett umher und stöhnte. In mir wühlte ihre Angst meine Eingeweide durcheinander und ich wachte kurz auf, als ich rief „Sie braucht Hilfe – bitte – so helft ihr doch!" Dann zog mich der Traum wieder in eine gefühlte endlose Tiefe und meine Seele war ihre, fühlte, was sie fühlte.

Die Schwärze umgab sie völlig, doch es war nicht nur dunkel. Es schimmerte und strahlte für einen kurzen Moment gleich einem hellen Stern am Himmel, bevor die Dunkelheit den Rest des Glanzes auffraß. Das gab ihr Hoffnung und sie wartete auf dieses kurze, helle Strahlen, dass von Zeit zu Zeit in der Schwärze, die sie umgab, aufleuchtete. Es machte sie froh und einem Impuls folgend dachte sie daran, dass sie versuchen könnte, die Dunkelheit mit ihrem Gesang zu vertreiben, ja vielleicht ganz bannen zu können.

Und so fing sie an zu singen, erhob ihre Stimme in die unendliche Stille. Sie sang keine Worte, nur Töne und Tonfolgen und ihre Stimme wurde kräftiger und lauter. Man könnte auch sagen, sie wurde mutiger, denn ihr Gesang erreichte auch ihr Herz. Und ihr Herz flüsterte „Mehr! Mehr! Lauter! Lauter!"

Und die Töne, die aus ihrem Mund kamen - sie schlummerten schon so lange in ihr, dass sie sich nicht daran erinnern konnte, dass sie da waren und nur darauf warteten, hinaus zu dürfen. Sie verspürte diese ungebändigte Freude, dass die Töne aus ihr heraus sprudelten, dass sie wie von allein ihren Weg aus ihr heraus fanden und sie nichts dazu tun musste, als es einfach zu wollen und geschehen zu lassen. Es war ein Moment des puren, echten Glücks und sie verstand nicht, wie sie jemals diese Melodie hatte vergessen können - freiwillig darauf verzichtet hatte. Es fühlte sich normal und stimmig an, als gehörte es zu ihr und sie wollte es hinaus lassen und die Welt daran teilhaben lassen.

Dann plötzlich wurde es hell und sie musste ihre Augen schützen. Denn der riesige Drache hatte sein Maul aufgerissen und sie verstand die Botschaft. Schnell hetzte sie an den großen, scharfen Zähnen vorbei und wäre auf der glatten und nassen Zunge beinahe ausgerutscht. Und ohne zu zögern sprang sie auf die Sonne, die anscheinend auf sie gewartet hatte. Der Drache hatte sie hierher gebracht und das musste seinen Grund haben.

Flüssiges Gestein umwaberte sie und sie versank bis zu den Knöcheln darin. Die Sonne wurde geschüttelt von Eruptionen und sie wankte von links nach rechts dabei und wäre beinahe umgefallen. Sie sah sich angsterfüllt um und fragte sich, wie sie jemals wieder hier wegkommen sollte. Sie wurde jedoch nicht verbrannt. Ihre Haut blieb heil und intakt.

Da hörte sie die Stimme der Sonne:

„Ich bin dein Freund und Feind. Es liegt in deiner Macht. Das eine wie das andere. Deinen ersten Schritt hast du bereits getan, als du losgelassen hast. Du erinnerst dich? Als du auf der Wolke vor dem Drachen nicht mehr geflohen bist."

Die Sonne erbebte und flüssiges Gestein sauste in hohen Fontänen an ihr vorbei. Sie fühlte sich einsam und verlassen. Und sie hatte keine Ahnung, wie sie die Sonne zu ihrem Freund machen konnte.

Da sank sie auf ihre Knie und ihre Tränen verschwanden zischend in der roten Glut, die sie umschloss.

Und die Sonne sprach mit leiserer Stimme weiter:

„Und gerade eben hast du den zweiten Schritt getan. Du hast deine Stimme gefunden und warst erfüllt von dir selbst. Das ist der Schlüssel. Du selbst zu sein wird dich überall dahin bringen, wo dein Schicksal ist."

Ich schreckte hoch aus diesem Traum, als wäre die Verbindung plötzlich unterbrochen worden. Mir war, als wäre ich selbst dort gewesen und ich schlug die Bettdecke zurück, ging zum Fenster und öffnete es und sog die frische Nachtluft in meine Lungen. Dann ging ich ins Bad und trank aus dem Wasserhahn etwas Wasser.

Als ich zum Spiegel hochblickte, der über dem Waschbecken hing, sah ich im schnellen Wechsel mein und dann wieder ihr Gesicht.

Nachdenklich legte ich mich ins Bett. Die kühle Nachtluft strömte weiter ins Zimmer und ich kroch unter die Decke. Da entdeckte ich das lange rote Haar, das auf meinem Kopfkissen lag.

Ich musste diese Frau kennenlernen. Koste es, was es wolle. Sie war mein Schicksal.

Emma und noch Jemand

Emma spürte seine Blicke. Jedes Mal, wenn er ins Restaurant kam, verfolgte er sie regelrecht mit seinen Augen. Irgendwie freute sie sein Interesse und dann wieder fühlte sie sich bedrängt und verfolgt.

Ach, eigentlich wusste Emma überhaupt nicht, was sie davon halten sollte. Die Kollegen hatten ihr erzählt, dass er schon lange Gast bei ihnen war und mindestens dreimal die Woche zum Essen kam. Und ehrlich – was konnte er schon an ihr finden? Vielleicht war er einfach generell ein Frauenheld? Wer wusste schon, was er für Ziele verfolgte. Emma dachte sich, dass sie nur auf der Hut zu bleiben brauchte. So, wie sie es bereits in der Vergangenheit getan hatte. Vorsichtig sein, nicht zu viel Nähe zulassen, eine gewisse Distanz eben, das war der Schlüssel für ein ruhiges aber zweifelhaftes Single-Dasein. Doch was soll`s? Ihre Angst war einfach größer. Da blieb Emma dann lieber auf der sicheren Seite. Ja. Das glaubte sie. Doch höhere Mächte hatten da ganz andere Pläne mit ihr und Joseph.

Ich musste schon wirklich aufpassen, dass ich nicht jeden Tag ins Restaurant ging, um sie zu sehen. Und dann musste ich auch achtgeben, dass ich sie mit meinen Augen nicht zu sehr bedrängte. Sie war ein scheues Reh und das spornte den Jäger in mir unglaublich an. Da kam der frühere Joseph wieder zum Vorschein. Doch mir war klar, dass das scheue Reh, das sie war, den früheren Joseph auf keinen Fall kennen lernen durfte. Da hätte ich schon verloren, bevor es einen Anfang geben konnte. Nein. Und ich war so dankbar, dass sich in mir schon ein kleiner bis mittlerer Wandel breit gemacht hatte und ich den früheren Joseph meistens unter Kontrolle hatte.

Schon oft hatte ich an den Traum gedacht und grübelte darüber nach, was er mir sagen wollte. Er hatte eine Botschaft für mich, dessen war ich mir sicher. Oder war es eine Botschaft direkt aus ihrer Seele? Was hatte sie bisher für ein Leben gehabt? War sie glücklich? Hatte sie eine Familie, einen Mann und vielleicht auch Kinder?

Am nächsten Tag ging ich wieder ins italienische Restaurant, doch sie war nicht da. Verdrossen nahm ich die Speisekarte und schaute hinein. Ich las jedoch nicht.

Der Chef des Hauses kam zu mir, um die Bestellung aufzunehmen.

„Die Kollegin heute nicht da?" Meine Frage sollte beiläufig klingen und ich versenkte bei meiner Frage meinen Blick in die Speisekarte, um Leonardo nicht anzustarren, weil ich so begierig auf seine Antwort wartete.

Er hob eine Augenbraue und erwiderte:

„Nein, leider nicht. Emma hat heute ihren freien Tag."

Jetzt kannte ich wenigstens ihren Namen. Ich lehnte mich in meinem Stuhl zurück und blickte Leonardo aus halb geschlossenen Augen an.

„Sag Leo – hat sie einen Freund?"

Ich verzog meinen Mund zu meinem früheren Joseph-Unwiderstehlich-Lächeln und war gespannt auf die Antwort.

„Mein Freund", sagte da Leo und legte seinen Kopf ein wenig schief „Da musst du sie schon selber fragen. Aber wenn du meine Meinung hören willst: sie hat kein Interesse an Männern. Sie will ihre Ruhe haben."

Leo sah mich durchdringend an und ich deutete seinen Blick dahingehend, dass er keinen Ärger haben wollte. In keine Richtung. So nickte ich, stand auf und klopfte ihm auf die Schulter und rief im Hinausgehen „bis zum nächsten Mal!". Leo sah mir verständnislos nach, denn es war das erste Mal, dass ich in seinem Restaurant nichts gegessen hatte.

Ich sehnte das Ende des Wochenendes herbei. Und gleich am Montag ging ich ins

Restaurant. Sie war da und ich freute mich über ihr Lächeln, das sie mir zur Begrüßung schenkte.

Sie kam an meinen Tisch und ich sagte „Hallo Emma".

„Oh – woher kennen Sie meinen Namen?" Sie sah mich erstaunt an.

Ich verzog meinen Mund zum smartesten Lächeln, das mir zur Verfügung stand und sagte:

„Ich habe einfach nur gut geraten", und ich zwinkerte ihr zu.

Da lachte sie und warf ihren Kopf dabei zurück. Ihre Augen glänzten und ich schöpfte Hoffnung. Ich hatte wohl die richtige Dosis von Annäherung und Humor getroffen. Es schien fast, als ginge sie auf meinen Flirt ein. Da wurde ich mutiger.

„Sagen Sie Emma", meine Stimme wurde leiser „Darf ich Sie morgen Abend einladen, mit mir auszugehen?"

Ich spürte den Blick von Leonardo zwischen meinen Schulterblättern. Oh je! Ich konnte förmlich das Bohren zwischen meinen Schultern fühlen.

Emma sagte nichts. Sie war überrascht. Ihre Brille rutschte auf ihrer Nase ein Stück nach vorne.

„Ich weiß nicht ..." Sie schien unschlüssig.

Und genau in diesem Moment ging die Tür zum Restaurant auf und herein kam eine meiner verflossenen kurzweiligen, weiblichen Zeitvertreibe.

Oh nein! Nicht jetzt, dachte ich, nicht gerade jetzt!

Sie winkte mir schon von Weitem und rief „Hallo Schatz!" und mir war klar, dass alle Hoffnungen, die ich eben noch in Bezug auf Emma hatte, mit diesen zwei Worten, gestorben waren. Ich war stinkwütend.

Emmas Miene versteinerte sich. Sie warf mir einen verächtlichen Blick zu, wendete auf der Stelle und ging mit energischen Schritten in Richtung Theke. Ihr Rücken war durchgestreckt und ich fühlte ihre Enttäuschung. Leo wagte ich nicht anzusehen. Ich fühlte mich wie eine ausgepresste Zitrone, oder eine leere Pralinenschachtel. Ach – eigentlich noch viel schlimmer.

Die „Schatz" rufende adrette Blondine kam strahlend auf mich zu und ich sah, wie Leo und Emma mich beobachteten. Sie standen nebeneinander hinter der Theke und beide Gesichter wirkten wie eingefroren.

Ich stand auf, warf einen Geldschein auf den Tisch und sagte zu der mittlerweilen neben mir stehenden Blondine äußerst ruppig:

„Verpiss dich! Wer bist du überhaupt!"

Natürlich kannte ich sie. Wir hatten ein paar Wochen – vielleicht waren es auch Monate, miteinander verbracht. Sie war recht unterhaltsam und klug damals und die Nächte habe ich in sehr guter Erinnerung. Okay, das ist jetzt eher schwaches Vokabular dafür, denn sie war wirklich eine Granate.

Bevor ich mich abwenden konnte, traf mich eine schallende Ohrfeige. Ich kam mir wie der sprichwörtlich geprügelte Hund vor und wusste, dass ich diese Ohrfeige mehr als verdient hatte.

Mein Abgang war alles andere als erfreulich und die Scham fraß mich auf, als ich in Windeseile diesen Ort verließ.

Oh mein Gott! Was hatte ich denn gerade nur getan? Nicht genug, dass Leo und Emma diese Vorstellung gesehen hatten und ich in nächster Zeit keinen Fuß mehr ins Restaurant setzen würde, weil ich mich in Grund und Boden schämte, so hatte Emma genau den Jo kennen gelernt, den ich vor ihr verbergen wollte. Sie würde mich mit Sicherheit keines Blickes mehr würdigen. Sie würde mich nicht mal mehr mit der Kneifzange anfassen!

Und dann die Blondine! Ihren Namen hatte ich tatsächlich vergessen. Schon das allein bescherte mir die nächste Scham-Attacke. Und dann - wie konnte ich nur so unsensibel sein und ihr so was sagen? Das war gemein. Und nun versank ich endgültig im Meer der Schuldgefühle. Ich hetzte aus dem Restaurant, knallte die Tür zu, so dass sie erbebte und hoffte, dass mit meinem Davonlaufen sich auch die Scham von mir entfernen würde.

Ich lief durch die Straßen und mein Kopf hämmerte. Mein Herz fühlte sich klein und bedeutungslos an. So wollte ich nicht sein! Nicht mehr!! Wenn ich hätte weinen können, dann wäre jetzt der rechte Moment dafür gewesen. Doch meine Augen blieben trocken, nur das Ziehen in und um mein Herz nahm zu.

Ziellos lief ich weiter, wie ferngesteuert. In meinen Gedanken waren nur immer fort drei Worte „Keine Chance mehr!"

Vor einem Schaufenster blieb ich stehen und starrte in den Boden. Als ich meinen Blick hob, sah ich den Himmel, der sich im Fenster spiegelte. Was für Waren hinter der Scheibe lagen, konnte ich nicht erkennen.

Ich sah die Wolken, die gemächlich an mir im Glas vorbei zogen. Ein paar Vögel zogen ihre Kreise und ein kleines Flugzeug durchschnitt den Himmel und flog senkrecht nach oben.

Ich drehte meinen Kopf etwas zur Seite und zuckte zusammen. Hinter mir im Schaufenster stand ein Mann und er kam mir sehr bekannt vor. Ich drehte mich um, doch da war niemand. Doch in der Scheibe sah ich ihn wieder.

„Wer bist du?", frage ich das Spiegelbild.

Und er fing zu lachen an und ich hatte keinen Schimmer, was er so lustig fand. Er machte mich irgendwie wütend, wie er da stand und lachte. Ich glaubte fast, dass er mich auslachte.

„Ach Jo, hör doch endlich auf, dir irgendwelche Dinge einzureden. Du kennst mich, mein Freund. Ich weiß nur nicht, ob du bereit bist - wieder bereit bist, mich in dein Leben zu lassen?"

Was? Was redete er da? Klar, er kam mir bekannt vor, aber ich kannte ihn doch nicht. Um ehrlich zu sein, er sah mir verdammt ähnlich. Nur – so würde ich mich niemals sehen lassen – er war die etwas abgefrackte Version von mir. Unrasiert, mit alten Klamotten und abgewetzten Schuhen.

„Wieso sehe ich dich nur im Schaufenster? Was soll das alles hier?"

Mit einer ausladenden Handbewegung schwenkte ich einmal um die eigene Achse.

„Was denkst du denn, wer ich bin?", fragte der Mann, der mich unverwandt aus dem spiegelnden Glas ansah.

Ratespiele hatte ich schon immer gehasst und um meine Ruhe zu haben, blaffte ich ihn an:

„Du siehst aus wie ich – also fast!" Dabei hob ich meine Augenbrauen und verzog meinen Mund und dann setzte ich noch nach:

„Wobei ich mich nie so kleiden würde, wie du." Das musste einfach noch raus.

Da lachte er schon wieder.

„Gar nicht schlecht Jo. Du bist auf der richtigen Spur. Mein Name ist Fips."

Jetzt war es an mir, schallend zu lachen.

„Wer hat dir denn diesen bescheuerten Namen gegeben?"

Er hob, als wolle er sich entschuldigen, die Schultern und sagte leichthin:

„Du!"

Ich schüttelte den Kopf. Also ehrlich, der Typ hatte doch vergessen, dass Licht anzuknipsen.

Versonnen fuhr er fort:

„Damals warst du noch sehr klein. Wir haben uns oft unterhalten und da gabst du mir irgendwann den Namen Fips."

Plötzlich fühlte ich eine Hand auf meiner Schulter. Ich schloss die Augen und fühlte die Wärme. Genau an diesem einen Punkt, auf dem die Hand auf meiner Schulter lag. Wohlige Wärme durchflutete mich und es war, als kam eine Erinnerung zurück zu mir, die verschollen von Gram und Stolz, immer in mir geschlummert hatte.

Ich öffnete die Augen und neben mir stand Fips. Er sah wirklich genauso aus wie ich. Nur eben anders. Wie das genaue Gegenteil von mir.

„Fips … Fips …", murmelte ich und die Erinnerung stieg in mir auf wie Rauch aus dem Feuer. Ich sah den kleinen Jungen, der ich früher war, der um Aufmerksamkeit bettelte und Liebe. Der viel weinte und kein Vertrauen in sich selbst und die Welt hatte. Und da war auf einmal Fips. Er saß auf meinem Bett oder ging mit mir zum Spielplatz und erzählte mir Geschichten und hüllte mich in seine Liebe ein. Er spielte mit mir, wenn es sonst keiner tat und wischte meine Tränen fort. Er forderte mich auf, nicht aufzugeben. Niemals.

Ich sah in seine Augen, die immer noch endlos gefüllt waren mit Liebe und er sagte:

„Jo – wie schön, dass du dich wieder erinnerst. Es war sehr schade, dass du mich irgendwann vergessen hattest. Doch – ich war immer bei dir. Immer. Und das werde ich auch immer sein."

Damals war er mein einziger Trost, mein Freund gewesen.

„Du hast dich sehr verändert Jo. Da war kein Platz mehr für mich. Das ist kein Vorwurf, mein Freund. Menschen verändern sich und sammeln Erfahrungen. Wichtig ist nur, was man dann daraus macht."

Er wirkte für einen kurzen Moment traurig, doch dann strahlten mich seine Augen schon wieder an.

„Kannst du mir helfen Fips? Der zu werden, der ich sein möchte? Und Emma …", ich schluckte schwer und fuhr mit meinen Händen über mein Gesicht.

„Klar", Fips strahlte dabei „Klar helfe ich dir. Wird dauern – aber sela! Zeit ist unwichtig. Nur gehen ist das, was zählt. Schritt für

Schritt. Die musst du alleine gehen. Aber ich werde an deiner Seite sein!"

Seine Worte machten mich froh und schenkten mir Hoffnung. Dass Emma vielleicht noch nicht verloren war für mich.

Ich sah Fips an. Sah die beiden schneeweißen Flügel auf seinem Rücken. Er war mein Schutzengel. Viele, viele Jahre hatte ich nicht mehr an ihn gedacht.

„Fips", sagte ich ernst „Könntest du dich mal ordentlich anziehen und rasieren? Und vielleicht noch ein paar neue Schuhe …?"

Und Fips streckte sich und seine Flügel flatterten und er hob sich ein wenig in die Luft, dann machte er eine Drehung um sich selbst, glitt sanft zurück auf den Boden und meinte in bester Laune:

„Nöööööö!" Und er lachte und sein Lachen kroch in mein Herz und ich verzog die Mundwinkel zu einem Grinsen.

Josephs Mutter

Ich war mir meiner nicht mehr sicher. Zu viel passierte mit mir und in mir. Diese eine Frau – Emma – war wichtig für mich. Sie war meine Zukunft, dessen war ich mir sicher. Nun galt es, auch sie davon zu überzeugen. Meine Gedanken kreisten unaufhörlich um Emma und ich sah immer wieder ihr angewidertes Gesicht vor mir, bei der letzten, unmöglichen Begegnung. Sie war mit Sicherheit verletzt und fragte sich, ob ich mein Benehmen in der Mülltonne gefunden hatte. Und ob ich auch mit ihr so umgehen würde.

Etwas hatte sich verändert. Bisher war ich mir todsicher gewesen, dass ich alles richtig gemacht hatte in meinem Leben. Erst jetzt wurde mir bewusst, dass mein Tun in der Vergangenheit oftmals ein Gefühl in meiner Brust oder meinem Bauch erzeugte, das ich als ungut oder beklemmend empfunden hatte. Darüber nachzudenken verbot ich mir. Verdrängen war zur meiner Paradedisziplin geworden.

Ich seufzte. So ein Mist! Fips hatte mir erklärt, dass alles einen Sinn hat und bei diesen Worten habe ich ihn sehr schräg angesehen. Das konnte ich mir kaum vorstellen. Was sollte das alles für einen Sinn haben?

In mir keimte der Verdacht, dass da eine riesige Lawine im Anrollen war. Eine Lawine, die ich selbst ausgelöst hatte und die nun nicht mehr zu stoppen war. Ich kratzte mich am Kopf.

Was will das Leben von mir? Was will ich vom Leben? Ich hatte so viele Fragen und niemanden, der sie mir beantworten wollte. Fips hob nur seine Schultern und grinste und meinte „Geduld, Geduld".

Nachts lag ich oft wach und starrte an die Decke. Mein gesamtes Weltbild verschob sich seit geraumer Zeit. Manchmal, während ich so da lag und in die Dunkelheit starrte, meinte ich, Schritte und leises Gemurmel zu hören. Das ängstigte mich nicht. Seit Fips wieder da war, passierte das öfter. Ich nahm mir vor, ihn danach zu fragen.

Einige Tage später erhielt ich einen Anruf aus dem Krankenhaus. Meine Mutter wurde am Abend vorher mit dem Notarzt dort eingeliefert. Sie hatte eine Lungenentzündung und es sah nicht gut aus.

Einerseits traf mich diese Nachricht wie ein Keulenschlag. Andererseits jedoch fühlte ich so gut wie nichts. Es gab keine große Bindung zwischen uns, außer dass sie natürlich meine Mutter war.

Ich fuhr zu ihr ins Krankenhaus. Auf dem Weg dorthin ballte sich in meinen Eingeweiden ein riesiger Knödel zusammen. Er lag bleischwer in meinem Inneren. Dieses Mal jedoch ignorierte ich ihn nicht.

Mir war sehr bewusst, dass vieles niemals ausgesprochen worden war zwischen uns. Dass viele Missverständnisse uns entzweit hatten. Und das Liebe – die Basis von Allem ist und war - ein einsames Dasein im Leben meiner Mutter und auch in meinem fristete.

Heute weiß ich, dass sie mir nicht mehr geben konnte. Sie konnte ihren selbst gezimmerten Käfig nicht verlassen. In diesem engen, begrenzten Raum lebte sie ihr Leben und hatte, wahrscheinlich wie ich, alle Zeichen und Hinweise auf Veränderung, nicht zur Kenntnis nehmen wollen. Vielleicht kam ihr auch niemals in den Sinn, dass sie die Macht gehabt hätte, alles zu verändern. Und damit auch mein Leben.

So ging ich den langen, weißen Gang im Krankenhaus auf der Intensivstation entlang und suchte das Zimmer, in dem sie lag.

Ich sah ein paar Meter vor mir Fips an einer Zimmertüre stehen. Er sah mich liebevoll an und winkte mich zu sich. Er hatte einen weißen, langen und zerknitterten Krankenhauskittel an und um seinen Hals hing an einer Kette eine Peace-Plakette. Um seinen Lockenschopf hatte er ein weißes

Stofftuch gebunden. Er sah eigentlich eher aus, als hätte er bei Woodstock eine kleine Pause eingelegt. Bei seinem Anblick verdrehte ich die Augen und Fips legte einen Zeigefinger an seine Lippen und machte „schhhhhhht".

„Kann dich jemand außer mir sehen?"

Fips schüttelte den Kopf und ich ging ins Zimmer. Vor dem Bett stand ein Stuhl und ich setzte mich hin.

Sie war blass und wirkte mager. Die Geräte piepsten leise im Hintergrund. Es schnürte mir die Kehle zu. Mir, dem obercoolen Kerl, der immer gemeint hatte, nichts könne ihn erschüttern.

Fips stand neben mir und hatte eine Hand auf meine Schulter gelegt. Ich drehte meinen Kopf leicht in seine Richtung und fragte:

„Ist ihr Schutzengel auch hier?"

Und er sagte, den Blick unverwandt auf mich gerichtet:

„Natürlich. Auch dein Vater ist hier und viele andere Seelen. Sie werden sie hinüber geleiten."

Und ich saß an ihrem Bett, hielt ihre Hand und weinte. Es schüttelte mich förmlich.

Alles war vergessen und vergeben in diesem Moment.

„Vermeintliche Schwäche ist in Wahrheit eine große Stärke", sagte Fips da nur.

Ich saß viele Stunden an ihrem Bett und Fips war an meiner Seite.

Irgendwann sagte er zu mir:

„Du brauchst dir keine Vorwürfe zu machen. Du hattest keine Schuld Jo. Die Dinge geschehen, wie sie geschehen. Alles folgt einem Plan. Das, was wirklich zählt, ist der Moment jetzt. Folge deinem Herzen und du wirst spüren, wie sich alles fügt, weil geschehen kann, was geschehen soll. Es gibt kein Scheitern."

Es war mitten in der Nacht. Durch das Fenster streckte die Dunkelheit ihre sanft liebkosenden Finger herein und streichelte das Gesicht meiner Mutter. Es war vorbei.

Lange Zeit erlebte ich immer wieder diese Stunden. Meine Erinnerung war auf Wiederholung programmiert und bei jedem Mal wurde es mir leichter ums Herz. Ich fühlte, dass auch meine Mutter den Frieden gefunden hatte, nach dem sie sich immer gesehnt hatte. Ihr Leben war nicht einfach. Meines auch nicht. Wir waren durch unsere Familienbande auf ewig verbunden und jede ihrer Tragödien war auch irgendwie meine.

Mit einem Unterschied: sie konnte sich nicht befreien daraus. Ich jedoch hatte jetzt die Möglichkeit, einen anderen Weg einzuschlagen und die roten Fäden ihres Leides, das mich noch mit ihr verband, zu durchtrennen.

Als die Beerdigung vorbei war, stand ich noch lange allein an ihrem Grab und sah auf die Erde, die sie jetzt umschloss.

Erde zu Erde, Asche zu Asche. Ich verstand nun, was es bedeutete. Unser Leben hier auf der Erde, als Mensch, ist ein kurzer Besuch in der Zeitlinie der Ewigkeit. Nicht mehr als ein Augenzwinkern. Und doch bietet er alles, was wir brauchen. Das Samenkorn kann gedeihen, wenn es genug Licht und Wasser bekommt. Für das Licht und Wasser müssen wir sorgen in unserem Leben. Von Fips wusste ich, dass jeder Mensch sein eigener Schöpfer ist. Alles beginnt in uns, mit uns und durch uns. Wir kreieren mit allem was wir tun und auch denken, unser eigenes kleines Universum. Wir sind dafür verantwortlich. Nur für unser eigenes Universum. Doch unser Tun, unsere Gedanken und Gefühle haben Einfluss auf andere Universen. Ein großes, immerzu währendes Spiel, das immer neue, grenzenlose Möglichkeiten zur Entfaltung, Veränderung und Verwirklichung bietet.

Gerade, als ich das hier aufschreibe, sitzt Fips mir gegenüber. Und er nickt begeistert und hebt seinen Daumen empor. Er hat einen gestreiften Schlafanzug an, denn es ist schon spät. Und er trägt auch eine Art Zipfelmütze, unter der sein Haar hervor quillt. Ich lächle bei seinem Anblick. Dass ich mich darüber aufrege – das habe ich mir abgewöhnt. Oder versuche es. Auch hier hat er mich etwas gelehrt:

Das Leben ist nicht nur Äußerlichkeit. Natürlich schon auch, doch das ist eigentlich eines der unwichtigsten Dinge. Wenn ich mein Leben an äußeren Werten messe, liege ich oft daneben. Eine Äußerlichkeit wird mir nicht das Innere eines Menschen zeigen, im Gegenteil. Die äußere Hülle ist oft nur Schein und Maske. Sie verbirgt die Verletzlichkeit und die wahre Sehnsucht.

Als ich dann eines Tages am Grab meiner Mutter stand und auf das Holzkreuz, auf dem ihr Name stand, schaute, tippte Fips auf meine Schulter und meinte:

„Schau mal, da unten. Ich glaube, da möchte dir jemand was sagen."

Ich erschrak ein wenig über seine Worte, als ich jedoch die Schnecke vor meinen Schuhen sah, war ich irgendwie erleichtert.

Vorsichtig setzte ich einen Fuß zurück und ging in die Hocke vor ihr, damit ich sie besser sehen und hören konnte.

Ihre Stimme war sehr leise und ich musste mich anstrengen, dass ich ihre Worte verstehen konnte:

„Wenn du glaubst, dass du ein schweres Leben hast, dann schau mich mal an! Ich schleppe jede Sekunde meines Lebens mein Haus mit mir herum. Und glaub mir, das ist wirklich nicht leicht. Wenn ich irgendwo hin möchte, muss ich mich zeitig auf den Weg machen – es dauert, bis ich ankomme. Und wenn es länger nicht regnet, hocke ich in meinem Haus und warte, denn Hitze und Trockenheit sind nicht so meins. Außerdem gelte ich als Leckerbissen für so manches Getier. Und zu allem Überfluss hört mir kaum einer zu, so wie du jetzt. Das ist wirklich eine Schande."

Ich strich mitfühlend über ihr Haus, dann fuhr sie fort:

„Andererseits ist das alles auch nicht so verkehrt und bietet eine Menge Vorteile. Ich habe Zeit. Das ist das Allerbeste dabei. Zeit zu haben ist wichtig und Geduld entwickelt sich praktisch von selbst dabei."

Die Schnecke hatte ihre Fühler weit ausgefahren bei ihren Worten.

Noch ein Stückchen weiter beugte ich mich zu ihr hinunter und blies meinen warmen Atem auf sie.

Ihre Stimme klang jetzt wohlig entspannt und zufrieden:

„Es ist alles eine Sache der Perspektive. Was du eben imstande bist, daraus zu machen. Vieles ist nicht zu ändern. Sich darüber zu ärgern bringt nichts. Nimm die Steine, die dir das Leben in den Weg legt und bau dir eine Brücke daraus."

Wie kam eine kleine Schnecke nur zu so viel Weisheit?

Fips kannte ja jeden meiner Gedanken und antwortete prompt auf meine gedachte Frage:

„Weisheit steckt in allen Dingen Jo. In allen Lebewesen und in der Natur. In allem eben. Man muss nur zuhören."

Aha. Ich kam mir für einen Moment kleiner vor als die Schnecke zu meinen Füßen. Doch dann hatte ich eine Idee.

„Was kann ich für dich tun kleine Schnecke? Hast du einen Wunsch, den ich dir erfüllen kann?"

Ich war ihr so dankbar und sie erklärte mir, dass es toll wäre, wenn ich sie an einen Ort bringen könnte, wo es Wasser gab. Vielleicht an einen See oder kleinen Bach, sinnierte sie.

So hob ich sie auf und nahm sie mit. In der Nähe, da wo ich wohnte, gab es einen kleinen See und dorthin brachte ich sie. Vorsichtig holte ich sie aus meiner Jackentasche und fragte sie, ob es ihr hier wohl gefallen würde.

Sie schaute sich um und meinte „Perfekt!" und ich setzte sie ins Gras.

Manchmal brauchen wir einfach neue Impulse und jemanden, der sich uns annimmt.

Emma erbarmt sich

Was konnte ich nur tun, damit Emma mir vergab? Ich fragte Fips geschätzte hundert Mal. Und jedes Mal sagte er:

„Lass dir was einfallen Jo. Du schaffst das schon!"

Er war ja wirklich eine große Hilfe für mich. Als ich ihm das sagte, lachte er mal wieder und erklärte völlig ernsthaft, dass er mir selbstverständlich jede Hilfe geben würde, zu der er fähig wäre und die hilfreich ist für mich.

„Schon mal dran gedacht", sagte ich schnippisch „DU bist ein Engel! MEIN Schutzengel!"

Fips Hand zeigte auf einen Stuhl in meinem Schlafzimmer und er sagte energisch „Setz dich!" Und dann:

„Du siehst da etwas völlig verkehrt Jo. Ja, ich bin dein Schutzengel und ich werde, wann immer ich kann, dich vor Schaden bewahren und dir soweit helfen und dir Impulse geben, soweit es nicht in den großen Plan eingreift. Doch deine Probleme musst du selber lösen. Auch hier werde ich dich natürlich unterstützen, soweit es mir möglich ist. Doch DU gestaltest dein Leben selbst mein Freund."

Ich glaube, nach dieser Ansage hatte ich so in etwa kapiert, was Fips mir sagen wollte. Das war die Sache mit der Verantwortung.

Lange Zeit war ich nicht im Restaurant von Leo gewesen. Mir war klar, dass die einzige Möglichkeit darin bestand, all meinen Mut zusammen zu nehmen und dorthin zu gehen. Ich verschob es von Tag zu Tag und nannte mich selbst einen Feigling.

Einen Fehler zuzugeben, dafür braucht es wahrlich Courage. Ich hatte fürchterliche Angst vor einer Abfuhr. Natürlich von Leo, aber noch viel mehr von Emma.

Eines Tages ging ich hin. Ich öffnete die Tür und sah Leo hinter dem Tresen stehen. Ich ging auf ihn zu und versuchte in seiner nichtssagenden Miene zu lesen. Dann stand ich vor ihm und stammelte:

„Es tut mir leid. Wirklich. Alles ist schief gelaufen."

Leo nickte und kräuselte seine Lippen, bevor er sagte:

„Das musst du nicht mir sagen. Sag es ihr!"

In diesem Augenblick kam Emma von einem Tisch zu uns und in der Hand hielt sie ihren kleinen Block, auf dem sie die Bestellungen geschrieben hatte.

Und ich stammelte weiter:

„Hallo Emma – es tut mir so leid. Ich …"

Emma sah mich an und sie sagte mit ruhiger Stimme:

„Lassen Sie mich in Ruhe! Sie brauchen mir nichts zu erklären."

Dann ging sie weiter und gab Leo die Bestellung.

Ich stand da, als wäre ich plötzlich unsichtbar geworden. Keiner nahm mehr Notiz von mir. Also ging ich. Und ich fühlte mich kleiner, als die Schnecke damals, die ich zum See gebracht hatte.

Was war das nur für eine dämliche Idee gewesen, hierher zu kommen? Frauen gab es schließlich genug auf dieser Welt.

„Aber nur eine Emma in Leos Restaurant", flüsterte mein Herz. Das war mir klar. Ich wollte nicht mehr kneifen und ich wollte auch kein Arschloch mehr sein.

Zwei Tage ließ ich verstreichen und dann ging ich in einen Blumenladen. Sie bekam jetzt jeden Tag eine rosafarbene Rose ins Restaurant geliefert und ich hoffte, dass sie Erbarmen mit mir hatte und wenigstens mit mir sprechen würde. Geld hatte ich wahrlich genug, um die Blumen und die Lieferung zu bezahlen. Geld war hier bestimmt nicht das Problem. Doch mit Geld war diese Schwierigkeit nicht zu lösen. Das war mir klar.

Am siebten Tag stand ich vor den Fenstern des Restaurants. Es dauerte auch nicht lange und Emma entdeckte mich. Sie nahm die Rose des heutigen Tages in die Hand und bückte sich, hob einen Abfalleimer hoch und lies sie hineinfallen. Sehr demonstrativ und natürlich so, dass ich genau sehen musste, was sie tat. Ihr Blick war vernichtend dabei.

Ich senkte den Kopf und ging nach Hause und war deprimiert. In dieser Nacht schlief ich schlecht und träumte:

Ein kleiner Bach floss durch eine wunderschöne, grüne Landschaft. Das Bächlein gluggerte fröhlich und hatte kleine Schaumkrönchen auf der Oberfläche. Es war eine Idylle, wie aus dem Märchenbuch.

Und obwohl ich eigentlich zu groß für das kleine Bächlein war, so schwamm ich auf dem Bauch liegend mit ihm. Ich genoss es und fühlte mich unendlich wohl. Ich wusste, dass ich meinem Ziel entgegen schwamm und es machte mich so glücklich. Ich fühlte mich heil und ganz und voller Vorfreude. Und plötzlich schwamm neben mir eine Gestalt. Ich würde sagen ein Mann. Er war mir unbekannt, doch ich wusste, dass er nur deswegen da war, um mich zu begleiten und zu beschützen.

Dann war urplötzlich ein Szenenwechsel. Ich befand mich in einem großen, lichtdurchfluteten Raum. Ringsherum waren in unterschiedlich großen Regalen Pflanzen und Blumen von unterschiedlicher Art und Größe. Viele von ihnen sahen vertrocknet aus. Sie brauchten alle Wasser und es war meine Aufgabe, mich um sie zu kümmern. Und anscheinend hatte ich das in der Vergangenheit nicht ausreichend getan.

So goss ich alle Pflanzen und manche konnte ich retten. Manche waren jedoch verloren. Ich freute mich über alle, die nicht trocken und dürr blieben, sondern wieder ergrünten und wuchsen.

Dann nochmal ein anderer Traum. Ich flog durch die Abenddämmerung. Oh, das Fliegen war so herrlich, weil ich die Welt von oben aus betrachten konnte. Alles schien so weit entfernt und nicht wirklich wichtig zu sein. Ich hatte allergrößtes Vertrauen in meine Flugkünste und genoss die Wärme der untergehenden Sonne. Dann sah ich in einiger Entfernung eine große Burg. Sie wirkte düster und kalt. Ich flog näher, um sie mir anzusehen und spürte die dunkle Energie und Macht, die von ihr ausging.

Auf der obersten Zinne dann sah ich Emma. Sie trug ein langes, weißes Kleid, das im Wind flatterte. Es schien mir, als zerre der Stoff des Kleides an ihr selbst und wolle sie hinunterstürzen in die Tiefe.

Sie war traurig und verzweifelt und so flog ich zu ihr und stellte mich neben sie.

„Komm mit mir", flehte ich sie an „ich liebe dich!" Doch sie schüttelte schwach ihren Kopf, so als hätte sie kaum Kraft dafür.

„Du bist wie alle anderen.", sagte sie und sprach dann weiter „wie könnte ich dir Vertrauen? Ich vertraue Niemandem. Die Burg wird mich verschlingen und dann bin ich frei."

Ich sprach noch weiter auf sie ein, bettelte, dass sie mit mir kommen sollte. Doch sie beharrte darauf, nicht mitzukommen.

Dann schrie sie auf – und hunderte von Raben flogen aus den Türmen der Burg hoch in den Himmel – und dann stürzte sie in die Tiefe. Ich flog ihr sofort nach und konnte einen Arm von ihr fassen. Meine Arme umschlossen sie fest, während wir durch die Luft flogen und sie wehrte sich nicht dagegen.

Plötzlich kamen all die Raben, die Emmas Schrei aufgeschreckt hatte und verfolgten uns. Ihre Rufe erfüllten die Nacht und mich mit Schrecken. Fest hielt ich Emma in meinen Armen.

Ich strampelte mit den Beinen und davon wachte ich auf. Auf meiner Stirn lagen kalte Schweißperlen und am Körper war ich nass geschwitzt. Mein Shirt war total feucht und mein Atem ging schwer und ich bekam kaum Luft.

Was konnte ich nur tun, um Emma dazu zu bewegen, dass sie wenigstens mit mir sprach? Sie war enttäuscht von mir, von meinem Verhalten. Ich musste ihr Vertrauen erst wieder gewinnen. Als ich sie an jenem unseligen Tag gefragt habe, ob ich sie zum Essen einladen darf, da war sie kurz davor gewesen, ja zu sagen. Dessen war ich mir sicher. Mit Frauen kannte ich mich aus. Doch in dieser Hinsicht sollte ich mich gründlich irren.

Ich hatte so wenig Ahnung von Emma, wie ein Pferd vom Tiefseetauchen.

Dann ging ich dazu über, an die Rosen, die immer noch jeden Tag an sie geliefert wurden, kleine Kärtchen zu hängen. Da stand dann zum Beispiel „Reden bringt Segen" oder „Ein Date ist ein Anfang" und auch „Entschuldigung … bitte!". Ich ließ mir eine Menge einfallen.

Auch stand ich hin und wieder vor dem Fenster des Restaurants und schaute sehnsüchtig hinein.

An einem Tag gab ich dem nächsten Gast, der ins Restaurant ging, eine kleine Botschaft von mir für Emma mit und bat ihn, ihr den zu überbringen. Auf dem Zettel stand „Was muss ich tun, damit du mir vergibst?"

Und dann eines Tages, kam Leo heraus und drückte mir ein kleines Stück Papier in die Hand. Mit einem Grinsen sagte er:

„Du bist wirklich hartnäckig Jo. Tu ihr bitte nicht mehr weh."

Er ging hinein und ich faltete den Zettel auseinander und las:

„Morgen Abend um acht, hier vor dem Restaurant. Emma."

Ich warf die Arme hoch und jubelte und stieß einen Schrei der Erleichterung aus. Drinnen sah ich Emma, wie sie lächelte. Als sie meinen Blick bemerkte, drehte sie sich um und ging in die Küche.

Mein Gott, war ich glücklich. Ja Morgen. Morgen war meine Chance und ich wollte sie unbedingt nutzen.

Rendevouz

Wir gingen nebeneinanderher und schauten angestrengt auf unsere Schuhspitzen. Als würde dort der nächste Satz stehen, den es zu sagen galt. Ich war unsicher und das gefiel mir nicht. Dieser Jo war mal wieder neu für mich. Emma sagte nichts. Doch ich spürte ihre Gegenwart bis in die kleinste Pore meines Körpers.

Ich dachte, dass sie sich sicherlich nicht mit mir getroffen hätte, wenn sie mich trotz allem nicht ein wenig mögen würde. Ein winnewutz kleiner Hoffnungsschimmer entflammte in mir und die Wärme, die er verströmte, gab mir den Mut für die nächsten Worte. Wie selbstverständlich ging ich zum „du" über:

„Ich bin so froh, dass du da bist Emma! Ich weiß, dass ich ein Scheißkerl sein kann. Bitte glaube mir, dass ich mich verändert habe. Der alte Jo bricht leider hin und wieder noch durch. Das musstest du miterleben. Es tut mir unendlich leid. Wirklich!"

Emma brauchte ein paar Sekunden für ihre Antwort:

„Das war sehr hässlich von dir. Und ich wollte dich nie wieder sehen."

Darauf wusste ich nichts zu sagen und so schwieg ich. Ich kaute angestrengt auf meiner Unterlippe und meine Hände waren zu Fäusten geballt. Ich war so angespannt, wie die Sehne eines Bogens und mein Herz klopfte wild.

Dann sprach Emma weiter:

„Deine Worte und Zettelchen haben mich glauben lassen, dass es da noch einen anderen Mann in dir gibt. Und ich weiß nicht, warum es mir so wichtig ist, das zu glauben."

Sie blieb stehen und sah mir direkt in die Augen. Und ich sah ihre Schönheit, das innere Licht, das in ihr leuchtete und ihrer äußeren Hülle eine Magie verlieh, die mich fesselte.

Ganz nah stand ich bei ihr und mein Herz klopfte noch wilder. Ich wusste, dass ich behutsam sein musste, ja nicht zu forsch und ich sage leise:

„Vielleicht magst du mich? Ein bisschen …?"

Sie schaute mich immer noch an. Ihre Augen waren klar und mit einer Hand strich sie sich ein paar Haarsträhnen aus dem Gesicht. Emma war unsicher, das spürte ich deutlich. Doch ich wartete geduldig, bis sie weiter sprechen mochte.

Emma hob den Blick erneut und schaute mich an. Ihre Augen huschten über mein Gesicht, als suchten sie dort etwas.

„Ich brauche Zeit. Und ja – ich mag dich. Und ich habe Angst."

Dann ging sie weiter und ich beeilte mich, neben ihr zu bleiben.

„Danke Emma", sagte ich zu ihr „Danke für deine ehrlichen Worte. Nimm dir die Zeit, die du brauchst. Doch bitte – sprich mit mir und ich möchte dich sehen dürfen. Möchte dich kennen lernen und ich möchte dir den anderen Jo zeigen. Den neuen Jo. Den Jo, der so oft an dich denkt und glücklich ist dabei."

Und sie nickte. Wir schwiegen noch eine Weile zusammen. Dann sagte sie, dass sie jetzt nach Hause gehen wollte. Und ich verstand sie. Ich brachte sie bis vor ihre Haustüre und es fiel mir schwer, sie zum Abschied nicht zu berühren. Den Gedanken an einen Kuss verbot ich mir.

Danach saß ich in meinem Wohnzimmer. Ich hatte mir eine Flasche Rotwein und ein Glas aus der Küche mitgenommen. Meine Jacke lag achtlos über einem Stuhl, die Schuhe standen irgendwo daneben. Gerade als ich die Weinflasche entkorkte, kam Fips durch die Türe. Heute trug er einen fliederfarbenen Flanelloverall, der ihm viel zu groß war. Seine Haare waren verwuschelt, als wäre er gerade erst aufgestanden. Seine Aufmachung irritierte mich.

„Na Jo – du hattest offensichtlich einen schönen Abend?"

Ich starrte ihn immer noch sprachlos an und schüttelte mechanisch den Kopf.

„Oh nein? Das ist aber schade." Fips machte einen traurigen Eindruck auf mich, als er das sagte und ich beeilte mich, ihm zu antworten:

„Nein nein! Der Abend war vielversprechend! Nur ...", ich machte eine ausladende Handbewegung und zeigte dann auf ihn, „Wo bringst du nur diesen desaströsen Overall her??"

Fips zwinkerte mir zu und sagte lässig:

„Denke immer daran Jo, dass ich ein Teil von dir bin!"

Was wollte er mir nur damit sagen, fragte ich mich? Ich würde doch nie so herumlaufen!

„Eben, eben." Fips nickte heftig „Denk mal darüber nach." Er winkte mir zu und drehte sich um und verschwand durch die Tür. Nachdenklich ließ er mich zurück.

Meine Kleidung war immer korrekt und meinen Bart ließ ich regelmäßig in Form bringen. Ich achtete auf mich, wie ich nach außen wirkte. Hmmmm?! Was ist daran verkehrt?

Am nächsten Tag ging ich im nahe gelegenen Park spazieren. Ich brauchte ein wenig Ruhe und Zeit für mich. Zu viele Gedanken spukten in meinem Kopf umher und machten mich ganz wirr. Ich hörte mit einem Ohr das Geschrei der spielenden Kinder und die Rufe ihrer besorgten Mütter. Ich hörte das Gebell der Hunde, die über die große Wiese rasten und den Ruf ihres Herrn völlig ignorierten. Und ich hörte die Vögel in den Bäumen zwitschern und langsam kroch die Stille in meinen Körper und ich fühlte die Ruhe, die ich so sehr herbei sehnte.

Am kleinen See stand eine Parkbank und ich setzte mich und schaute über das Wasser, das sich leicht kräuselte. Einige Enten schaukelten hin und her und ein stolzes Schwanenpaar zog seine Kreise.

Ich streckte meine Beine weit weg von mir und schloss die Augen. Mein Atem ging langsam und regelmäßig und ich dachte an Emma. Sie ist so ganz anders als ich – scheu, unnahbar und sie wirkte auf mich wie ein verschrecktes Tier, ängstlich. Ich bin das genaue Gegenteil. Ein Charmeur, direkt, manchmal auch zu direkt, eingebildet und mein Selbstbewusstsein brauchte keine

Nachhilfe. Zumindest war ich das bisher, denn ich spürte den Wandel in mir. Oft brach jedoch der Mensch und Mann in mir noch durch, der ich nicht mehr sein mochte, dessen Identität sich veränderte durch Begegnungen, Gespräche und ... Emma.

Plötzlich hörte ich ein leises Räuspern neben mir und ich tauchte aus meinen Träumen auf. Als ich neben mich blickte, sah ich meinen Vater, der dort Platz genommen hatte.

Ich erschrak maßlos – nicht so sehr deswegen, weil ich nicht begeistert war ihn zu sehen, denn unsere Vater-Sohn-Beziehung war nicht die Beste – sondern eher deswegen, weil er seit einigen Jahren auf dem Friedhof lag. Kurz schloss ich meine Augen in der Hoffnung, dass er dann weg war, wenn ich sie wieder öffnete. Dieser Wunsch blieb allerdings unerfüllt. Wie damals schon bei der älteren Dame. Ich atmete ergeben einmal tief ein und aus.

Mein Vater saß nach wie vor neben mir und sah mich an. Und ich fragte mich, was das soll. Wir hatten schon zu seinen Lebzeiten wenig bis keinen Gesprächsstoff und einen Vater hatte ich mir immer anders vorgestellt. Und auch gebraucht.

Weil ich nicht wusste, was ich sagen soll, fragte ich ihn:

„Na, wie ist es so auf der anderen Seite?"

Der Kopf meines Vaters wackelte hin und her und er hob leicht die Schultern. Er blickte mich verschämt an und rang um Worte:

„Ja weißt du ... es ist anders. Und es ist gut dort. Wunderbar. Ich weiß jetzt, dass ich dir und deinen Brüdern kein guter Vater war. Habe viel versäumt, viel nicht gesagt und viel falsch gemacht. Doch ich wusste es leider nicht besser. Ich habe dir nie gesagt, wie sehr ich dich liebe und wie stolz ich auf dich bin. Dein Potential habe ich ebenso wenig gesehen – wie talentiert du bist in vielerlei Hinsicht - mit deinem Humor zum Beispiel und deiner kreativen Ader."

Bekümmert sah mein Vater auf seine gefalteten Hände in seinem Schoß hinunter. Dann fuhr er fort und ich hörte gebannt auf seine Worte:

„Ich habe viel Zeit verschwendet, wertvolle Lebenszeit mit nichtigen Dingen. Auch deiner Mutter war ich kein guter Ehemann. Ich dachte immer, dass ich Zeit im Überfluss habe. Doch die Zeit – sie vergeht so schnell und am Ende ist die Zeit das Wichtigste, das einem noch bleibt. Heute würde ich mehr lieben und das tun, was ich gerne tun möchte, was mich erfüllt. Ich würde meinen Kindern jede Sekunde meines Lebens schenken und ich würde dankbar sein für alles in meinem Leben."

Ich war ehrlich erstaunt. Das waren wirklich ganz neue Töne. Und ich spürte, wie ehrlich es gemeint war. Und ich spürte die Traurigkeit, die ihn erfüllte. Sie quoll aus ihm heraus, wie Menschen aus einem überfüllten Bus.

Sagen konnte ich nichts. Mir fiel einfach nichts ein und so sprach mein Vater weiter:

„Ich habe viel gelernt zwischenzeitlich. Hier, in der Welt jenseits des Lebens, hat meine Seele das Wort. Wenn ich das doch alles nur schon gewusst hätte, als ich noch lebendig war."

Mein Vater wurde durchscheinend und seine Konturen vermischten sich mit der Luft. Er sah mich noch einmal an und ich war mehr wie froh, dass diese Unterhaltung zu Ende war.

Heiliger Strohsack! Wenn ich es mir recht überlegte, war dass das beste und schönste Geschenk, dass ich jemals von meinem Vater bekommen hatte. Was für ein Timing! Doch besser spät, als nie. Ich saß da und schüttelte meinen Kopf. Hörte gar nicht mehr auf damit.

Es war spät geworden und die Sonne stand weit unten am Horizont. Der See glitzerte in den immer mehr verschwindenden Strahlen der glutroten Sonne. Langsam stand ich auf und blickte mich um. In alle Himmelsrichtungen. Dreimal drehte ich mich um die eigene Achse, dann nickte ich.

Schnell zog ich all meine Kleider aus und ein befreites Grinsen erhellte mein Gesicht. Ich konnte gar nicht schnell genug machen und ich jauchze vor Vorfreude.

Plötzlich stand Fips neben mir. In einer grellbunten Badehose und einem knallroten Schwimmreif um die Hüften und er strahlte übers ganze Gesicht, als er fröhlich sagte:

„Ah, ich sehe, du beginnst zu verstehen!"

Er klatschte in die Hände, als würde er seiner Lieblingsband nach dem Konzert applaudieren. Ich sagte nichts und lachte nur und stürmte in den See. Die kleinen Kieselsteine und Äste, die herum lagen und mich in die Fußsohlen piekstien, nahm ich nicht zu Kenntnis. Ich fühlte mich gerade, als wäre ich zehn Jahre alt.

Annäherung

Fips stand hinter mir und schaute mit mir in den großen Wandspiegel in meinem Schlafzimmer. Er nickte anerkennend und pfiff einmal kurz durch die Zähne. Das Schutzengel so was können, wusste ich bis dato nicht. Ehrlich gesagt, fühlte ich mich nicht so recht wohl. Einen Mundwinkel hatte ich nach oben gezogen und der andere hing zweifelnd herunter. Meine Haare standen meiner Meinung nach in alle Himmelsrichtungen ab und die neue Jeans hatte Löcher. Eine neue Hose, die Löcher hatte! Das Hemd war verknittert und Fips versicherte mir, dass dies der derzeitigen Mode entsprach. Da hatte ich ehrlich gesagt so meine Zweifel.

Mein Freund neben mir sah aus wie ein Landstreicher.

„Das ist nur DEINE Meinung", meinte er in einem Ton zu mir, mit dem man einem Kind sagt, es soll den Regenwurm aus der Pfütze ruhig essen. Versuch macht klug!

Naja. Veränderungen tun weh. Diese Aussage von Fips trifft genau ins Schwarze. Ich machte gerade ständig Veränderungen durch und da kann ich das wirklich beurteilen. Was das alles allerdings mit meinem Äußeren zu tun haben sollte, war mir schleierhaft.

Fips meinte dazu:

„Wie Innen, so Außen. Ich habe das Gefühl, dass deine akkurate Kleidung ein wenig dein Innenleben spiegelt. Arrogant und unfehlbar! Aber das bist du nicht! Nicht nur. Du hast auch eine andere Seite, die es zu entdecken gilt und die für Gleichgewicht sorgt. Mach dich auf die Suche Jo! Sei experimentierfreudig und mutig und du wirst einen Jo entdecken, der dich sprachlos macht. Den du aber unbedingt in deinem Leben brauchst. Alle Seiten wollen gelebt und geliebt werden."

Ein tiefer Seufzer entfleuchte meinem Inneren. Fips und seine Weisheiten! Doch ich hatte noch nie erlebt, dass er nicht die Wahrheit sprach. Und so hatte ich die kaputte, neue Jeans und das verknitterte Hemd gekauft und meine Haare lufttrocknen lassen. Kein Gel und kein Spray. Als ich die Flasche mit dem teuren Aftershave in der Hand hielt, schüttelte Fips kaum merklich den Kopf. Aha, gut riechen entsprach anscheinend auch nicht der Mode.

„Doch, doch", versicherte mir da Fips „Gut riechen und gut riechen sind aber nicht dasselbe. Emma sollte DICH riechen."

Ich hatte heute Abend ein Date mit Emma und fragte mich gerade erneut, was mich bei der Wahl meiner Kleidung dazu veranlasst hatte, auf Fips zu hören. Ich sah aus wie ein Penner und roch wohl auch so.

Ich traf mich mit Emma im Park. Dieselbe Parkbank, auf der ich unlängst mit meinen Vater ein Gespräch führte. Als ich dort ankam, sah ich sie schon dort sitzen. Sie wirkte wie ein verloren gegangenes Vögelchen, das aus dem Nest gefallen war.

Als ich vor ihr stand, blickte sie hoch und sagte verblüfft:

„Jo, bist du das? Wirklich du?"

Ich wusste ja von Anfang an, dass es eine Schnapsidee war. Am liebsten würde ich mir jetzt die Jeans und das Hemd vom Leib reißen und mir eine Tube Gel ins Haar schmieren und mein super teures Aftershave großzügig auf mich versprühen. Ich schloss die Augen und wartete auf die verbale Peitsche von Emma. Doch sie verblüffte mich.

„Du siehst klasse aus Jo! Ganz anders, aber total klasse. Ehrlich. Du gefällst mir sehr!"

Als hätte sie jetzt schon zu viel gesagt, hob sie erschreckt eine Hand vor ihren Mund und schwieg.

Ich setzte mich neben sie und räusperte mich:

„Ehrlich Emma? Findest du meinen Aufzug wirklich toll?"

„Aber ja!" Emma schaute mich an und lächelte „Du hast den anderen Jo in dir eingekleidet. Der andere, geschniegelte Jo gefiel mir nicht so gut, wie der lockere Jo. Ich finde, dass bist eher du, obwohl ich dich ja nicht wirklich kenne. Es unterstreicht etwas in dir – etwas Natürliches, Gewöhnliches. Nichts übertriebenes, keine Maske."

Ich hob die Augenbrauen und plötzlich fand ich die Löcher in der Jeans nicht mehr schlimm. Ich fuhr durch meine Haare, die sich jetzt ein wenig lockten. Es fühlte sich … neu an. Doch ich fand Gefallen daran. Und ich entdeckte noch einen anderen Gedanken in mir: ich musste in diesem Moment nichts beweisen, nicht besser sein, als irgendjemand anders. Es reichte, wenn ich Jo bin. Einfach nur Jo. Nichts Besonderes. Und so gefiel ich Emma. Eigentlich total einfach.

Hinter was für einem Phantom bin ich nur all die Jahre hinterher gerannt? Ich konnte eh nicht allen Menschen gefallen. Wichtig sind diejenigen, die mir wichtig sind. Und denen ist Jo allemal genug. Hoffte ich zumindest. Wie die wohl den neuen Jo fanden? Und was all die anderen von mir denken würden?

War das nicht völlig egal? Denn was immer ich auch tun würde, es würde doch jeder nur das denken, was seiner Wahrheit entsprach. Somit gab es nur eine Lösung: ich machte es mir recht! Lebte nach meiner Wahrheit. Das ist aber wirklich nicht so einfach.

Emma und ich schauten gedankenverloren über den See. Zu gern hätte ich jetzt an ihren Gedanken teil gehabt. Nur an einem See zu sitzen, war mir bisher in Begleitung einer Dame immer zu wenig gewesen. Da zog ich teure Restaurants oder Ausflüge vor, die nicht alltäglich waren. Ich dachte mir, das würde ihnen imponieren.

Wenn ich jetzt so Emma neben mir spürte, keimte in mir der Verdacht, dass ich bisher das falsche Pferd gestriegelt hatte. Mir waren materielle Dinge bisher sehr wichtig und so ging ich davon aus, dass auch alle anderen so empfanden.

Emma fühlte sich so rein und sauber an. Sie brauchte nicht viel, um so zu sein, wie sie eben ist. Von ihr ging kein teurer Parfumgeruch aus. Nein. Sie roch gut und ich hätte liebend gern meine Nase in ihr Haar versenkt. Sie bestach durch ihre Einfachheit und ihre Zurückhaltung. Ich fand sie unglaublich hübsch und anziehend.

„Wollen wir ins Kino gehen?", fragte ich sie und sie nickte einfach nur. Ich schaute auf die Uhr und dann griff ich nach ihrer Hand, zog sie hoch und sagte übermütig:

„Dann müssen wir uns beeilen, in ein paar Minuten fängt der Film an!"

Emma lachte mich an und so rannten wir Hand in Hand zum Kino. Und ich war glücklich.

Als ich am nächsten Morgen aufwachte, fiel mir der Abend gestern wieder ein. Ich verschränkte meine Arme hinter meinem Kopf und blickte lächelnd an die Decke.

Der Abend verlief so völlig anders, wie alle bisherigen Verabredungen. Wir hatten viel gelacht und wenig vom Film mitbekommen. Manchmal hatte ich ihre Hand gehalten und ein Gefühl von Geborgenheit schlich sich in mein Herz. Hin und wieder spürte ich den Blick von Emma auf mir und wenn ich sie dann ansah, senkte sie ihren Blick und lächelte.

Wie geht das nur? Wie kann ein Mensch – ich – sich so verändern?

Weil die Notwendigkeit bestand. Weil eine Stimme in meinem Herzen stärker war, als alle Arroganz und Eitelkeit in mir. Weil meine Seele flüsterte „Glück sieht anders aus" und weil sich die Welt für mich öffnete, wo sie vorher verschlossen war. Nie hätte ich all das für möglich gehalten.

Wir standen nach dem Film draußen vor dem Kino und Emma sagte leise:

„Du bist so anders, als ich immer dachte. So viel Spaß hatte ich schon lange nicht mehr!"

Sie sah so unbeschwert aus. Als hätte sie gerade keine Sorgen.

Mein Blick wanderte über die Zimmerdecke und ich drehte mich im Bett zur Seite und machte mich klein, so klein wie ein Baby. Ich zog die Beine an und machte meinen Körper rund. Und dann dachte weiter an den gestrigen Abend. Ich brachte Emma nach Hause und sie gab mir einen flüchtigen Kuss auf die Wange. Selig lächelte ich bei diesem Gedanken und schlief wieder ein.

So tief schlief ich, so dass ein Traum wie von selbst seinen Weg suchte und mich traf. Ich fühlte den Traum wie echtes Erleben. Als wäre ich in einer anderen Dimension aufgewacht.

Von weitem hörte ich einen infernalischen Krach. Ich stand vor einem tiefen, undurchdringlichen Wald und ich sah die großen Bäume sich biegen und hörte sie brechen. Oh mein Gott! Was ging in diesem Wald nur vor sich? Die Baumwipfel, die noch stolz ihre Kronen in den Himmel streckten, erbebten und ich stand wie angewachsen davor, unfähig mich zu bewegen und wartete auf das, was sich mit brachialer Gewalt seinen Weg durch den Wald bahnte.

Ich hatte merkwürdigerweise keine Angst. Nicht richtig jedenfalls. Denn mir war bewusst, dass alles was da kommen wird, ein Teil von mir selbst ist. Und wie könnte ich mich denn vor mir selbst fürchten? So stand ich da und war nicht gefasst auf das, was im gleichen Moment vor mir auftauchte.

Ein Riese stand vor mir und der Boden bebte. Kleine Risse zogen sich durch das Erdreich. Die Bäume waren zerstört, dort, wo er sich seinen Weg gebahnt hatte. Und ich schaute hoch zu ihm und erstarrte.

Er war mir wie aus dem Gesicht geschnitten. Aber eben nur riesengroß. Er trug zerrissene Kleidung und überall waren kleinere Zweige und Blätter auf ihm verteilt. Er hatte mich noch nicht bemerkt und ich hoffte, dass er das auch nicht tun würde. Ich sah Blut auf seiner Kleidung und an seinen Armen Wunden, die die brechenden Bäume gerissen hatten.

Da drehte er sich plötzlich um und schaute auf den gepeinigten Wald und seine Gestalt wirkte mit einem Mal eingefallen. Er ließ sich auf den Boden plumsen, so dass schon wieder der Boden erbebte. Er streckte seine Beine weit von sich und hob seine Hände vors Gesicht und … weinte. Er schluchzte wild und war verzweifelt in seiner Qual. Und das Blut tropfte an seinen Armen hinab auf den Boden.

„Was habe ich nur getan?" Er wiederholte die Frage immer wieder.

Ja, was hatte er da nur getan? Er war gewalttätig und egoistisch. Er hatte vernichtet, ohne zu überlegen. Im Traum spürte ich, wie sehr mich dieser riesengroße Jo anrührte. Und so rief ich, so laut es mir nur möglich war:

„Hallo, hallooooo ... hörst du mich?"

Natürlich hörte er mich nicht gleich, weil sein Klagen und Weinen recht laut war. Doch irgendwann – nachdem ich fast schon heiser vom Rufen war – blickte er nach unten und sah mich.

Seine Arme erstarrten in der Bewegung und blieben in der Luft hängen. Er beugte sich zu mir vor und noch weiter hinunter. Seine Augen waren zusammen gekniffen.

Und ganz laut rief ich:

„Warum hast du das getan? Verrat es mir."

Und er - er lachte laut hysterisch auf und bellte mich an, als ob ich etwas dafür konnte:

„Weil ich es kann! Ganz einfach nur, weil ich es kann!!

Ich erschauderte bei seinen Worten. Als ich auf den Waldrand schaute, sah ich Tiere. Viele Tiere … Rehe, Hirsche, Eulen, Dachse, Vögel, Eichhörnchen, Wölfe und Bären, Schlangen und Insekten in Schwärmen. Sie standen wie eine Mauer und ich fühlte sie. Ihre ungeheure Stärke.

Und ich hörte die Rufe der Tiere „Wir wollen ein Opfer, wir brauchen ein Opfer!!"

Der Riese sah mich verzweifelt an und sagte bekümmert:

„Ich habe nichts, was ich ihnen geben kann, um sie zu beruhigen. Ich bin nichts. Im kleinsten Staubkorn steckt mehr Mut, als ich ihn je haben werde. Ich habe Angst."

Plötzlich ging ein Ruck durch meinen Körper und ich wurde getragen vom Wind, der mich zu den Tieren trug. Sanft war dieser Flug und vor den Tieren landete ich. Und ich wusste, was ich zu tun hatte.

„Ich bin euer Opfer, nach dem ihr verlangt. Der Riese hat Schreckliches getan. Ich bin er und er ist ich. Nehmt mich und ich bitte um Verzeihung für ihn."

Hinter mir hörte ich den Riesen schreckliche Geräusche von sich geben.

Da trat ein großer Wolf aus der Gemeinschaft der Tiere hervor:

„Du bist sehr mutig mein Freund! Deine Geste zeugt von deiner Liebe und deinem großen Herzen. Wir Tiere würden niemals so ein Opfer annehmen. Es geht darum, zu verstehen und Verantwortung zu übernehmen. Jeder Gedanke und jede Aktion setzen Geschehnisse in Gang. Alle Geschöpfe von Mutter Erde entspringen dem einen, gleichen Topf. Ihre Energie ist kompatibel. Wir brauchen einander. Unsere gegenseitige Zuwendung und Unterstützung, unser liebesvolles Beobachten und beherztes Eingreifen bei Gefahr und unsere Vergebung."

Der Wolf neigte seinen Kopf vor mir und ich tat es ihm gleich. Dann drehte er sich um und verschwand im Wald mit den anderen Tieren.

Ich ging langsam zum Riesen zurück. Er hatte aufgehört zu weinen und zu klagen und saß wie ein Häufchen Elend auf seinem Allerwertesten.

Und der Wald heilte sich. Ich sah, wie die geborstenen Bäume wieder eins wurden und sich aufrichteten. Die Blätter flogen an den ihnen zugedachten Platz zurück und der weiche Waldboden ebnete sich wie von Geisterhand von den Spuren, die der Riese hinterlassen hatte. Das alles geschah lautlos und im Zeitraffer. Doch ich konnte alles mühelos mit meinen Augen mit verfolgen.

Zum Riesen sagte ich:

„Ich glaube, du hast eben eine zweite Chance bekommen."

Ein Traum wird wahr und wieder zerstört

Wer sich bisher fragen sollte, ob ich auch einer Arbeit nachgehe … selbstverständlich tue ich das. Doch davon möchte ich nicht berichten. Meine Arbeit ist nicht das Thema, um das es mir geht. Früher habe ich mich über meine Arbeit identifiziert. War ich erfolgreich, dachte ich, dass dies die Essenz meines Lebens ist. Je mehr Geld ich verdiente, desto mehr ging ich davon aus, glücklich zu sein. Nun. Nicht schwer, darauf die richtige Antwort zu finden. Auch hier hat sich mein Weltbild ziemlich verändert. Aber wie gesagt: davon möchte ich nicht erzählen.

Ich traf mich immer öfter mit Emma. Sie verlor ein wenig ihre Schüchternheit, war jedoch nach wie vor sehr vorsichtig und zurückhaltend. Ich würde lügen, wenn ich nicht sagen würde, dass dies einen gewissen Ansporn meinerseits zur Folge hatte. Ich wollte diese Frau, wie ich noch keine gewollt hatte und ich meinte, dass sie einfach Zeit brauchte und mein kontinuierliches Werben. Doch leider war die Zeit mein Feind. Zu diesem Zeitpunkt wusste ich das natürlich noch nicht.

Wenn ich bei Leo im Restaurant war, lächelte mich Emma an und wenn ich bezahlte, berührten sich unsere Hände rein zufällig. Diese Berührungen waren wie Stromschläge, im positiven Sinne natürlich. Manchmal steckte sie mir ein kleines Zettelchen zu, wann und wo unser nächstes Treffen stattfinden sollte.

Ich fühlte mich sehr glücklich in diesen Tagen und meine Vorfreude kannte keine Grenzen. Wir gingen spazieren, machten kleinere und größere Ausflüge, schauten uns andere Städte an und bummelten durch die Gassen und wenn ich dort im Schaufenster ein hübsches Kleid sah, forderte ich Emma liebevoll auf, es doch mal zu probieren. Sie protestierte immer, doch wir gingen in den Laden. Wenn es ihr gefiel, kaufte ich es für sie und manchmal behielt sie es auch gleich an.

In der ganzen Zeit unterhielten wir uns über alles Mögliche, jedoch gewannen unsere Gespräche an Tiefe und Intimität. Deswegen wusste ich auch, dass Emma sehr schlechte Erfahrungen mit Männern gemacht hatte. Wahrscheinlich war sie viel zu oft an Typen wie mich – als ich noch der alte Jo war – geraten. Doch langsam fasste sie Vertrauen zu mir und legte ihre Scheu immer mehr ab.

Ich lernte ab da eine völlig andere und neue Emma kennen. Auch sie veränderte sich und befreite sich von den Fesseln der Vergangenheit. Sie hatte einen fantastischen Humor und ich war verblüfft, welche Lebensfreude sie versprühte und mich mitriss.

Eines Abends gingen wir Hand in Hand spazieren. Wir sprachen nicht, sondern genossen den Vollmond am Himmel und sahen uns die funkelnden Sterne an. Unsere Herzen schlugen im gleichen Takt. Dieses Gefühl kannte ich so noch nicht. Es war ein inneres Band, das den Weg zum anderen suchte und als es das fand, sich verband und eng umschlang. Ich genoss ihre Nähe, ihr Lachen und die kleinen Berührungen. Mein Herz jubelte und ich sah schon Bilder vor mir, mit kleinen Emmas und Jos, die im Garten spielten und lachten.

An diesem Abend nahm mich Emma mit in ihre Wohnung, als ich sie heim brachte. Sie wohnte im dritten Stock eines fünf- oder sechs-Familienhauses. Direkt unter dem Dach, mit einer kleinen Dachterrasse. Die Wohnung war hübsch eingerichtet und es war sauber und ordentlich. Sie hatte nicht viel Krimskrams rumstehen. So nenne ich die völlig überflüssigen Staubfänger in allen Variationen. Ihre innere Klarheit spiegelte sich in ihrer Wohnung und ich mochte den Geruch. Es roch nach ihr. Sie entzündete ein paar Kerzen, knipste zwei Stehlampen an und holte zwei Weingläser und eine Flasche Wein. Den gleichen Wein, den ich immer im Restaurant bei ihr bestellte. Ich lächelte, als ich es bemerkte.

Ich war angespannt wie eine Büffelhaut auf der Trommel und irgendwie verging die Zeit langsamer, hatte ich den Eindruck. Wir sprachen nicht viel und Emma war nervös. So gut kannte ich sie schon. Doch ehrlich gesagt ging es mir genauso. So fühlte ich mich zuletzt mit sechzehn. Was für ein Wunder durften wir da nur erleben?!

Emma nahm mir mein Weinglas aus der Hand und stellte es geistesabwesend auf den Tisch. Dann strich sie mir zärtlich über meine Wange und ich hielt die Luft an. Sie lächelte unsicher und ihre Zunge leckte über ihre Lippen, dann senkte sie den Blick.

Ich nahm ihre Hand, die mich gestreichelt hatte, in meine Hand und meine andere Hand legte ich ganz sachte in ihren Nacken und zog sie zu mir. Als sich unsere Nasen fast berührten, legte ich meine Lippen auf ihre. Das hatten wir noch nie getan. Ja schon kleine Küsschen auf die Wangen. Doch mehr nicht.

Emma seufzte leise und erwiderte meinen sanften Kuss. Ich grub meine Hände in ihre braune Haarfülle und zog sie noch näher zu mir. Erst jetzt holte ich wieder Luft und war wie berauscht. Es war, als würde ich dieses Wunder zum ersten Mal erleben. Wie sich zwei Menschen in innigster Weise entdeckten und berührten. Ich hatte keine Eile, dieses Mal nicht, sondern wollte jede Sekunde auskosten und sie in die

Schublade „Emma & ich" ablegen, damit ich mich an jede einzelne Millisekunde erinnern konnte.

Wir küssten uns eine gefühlte Ewigkeit, ihr ganzes Gesicht bedeckte ich mit Küssen und sie meines. Ich streichelte ihre Hand, ihren Kopf, ließ meine Hand auf ihrem Rücken liegen. Dann stand ich auf und zog sie zu mir hoch. Sie schmiegte sich an mich und ich umfing sie mit meinen Armen und drückte sie fest an mich. Ich murmelte ihren Namen und empfand eine riesige Freude in meinem Herzen dabei.

Emma wurde mutig und fing an, mein Hemd aufzuknöpfen.

„Wir müssen nicht ...", wand ich ein, doch sie fuhr fort mit ihrem Tun und sagte leise:

„Ich möchte es Jo. Ich möchte dir so nah sein, wie es nur geht."

So begann ich behutsam, ihren Reißverschluss am Kleid zu öffnen. Das hatte ich ihr gekauft bei unserem letzten Bummel durch die Straßen der Altstadt bei uns zuhause. Sie sah atemberaubend darin aus. Doch ich muss zugeben, als ich sie ohne Kleid sah, hielt ich schon wieder die Luft an. Sie hatte rosafarbene Spitzenunterwäsche an. Der BH, den sie trug, schmiegte sich an ihren Körper und umhüllte in perfekter Harmonie ihren Busen.

Die sanften Hügel dazwischen forderten mich auf, sie zu küssen.

Emma hatte zwischenzeitlich alle Knöpfe an meinem Hemd geöffnet und nun zog sie es mir mit einem Ruck vom Körper und es flog in eine Ecke des Zimmers.

Ich ging einen kleinen Schritt zurück und sah Emma nur an. Sie war so wunderschön mit ihren Rundungen, der blassen, zarten Haut und dem Glanz in ihren Augen. Sie lächelte und strich ihre Haare zurück und klemmte sie hinter die Ohren. Ihre Kreolen baumelten hin und her und blitzten manchmal auf, wenn der Schein der Kerzen auf sie fiel.

Ich zog sie wieder in meine Arme und legte meinen Kopf auf ihren. Sie war ja nicht sehr groß. Meine Hände glitten über ihren Körper und sie bebte bei meinen Berührungen.

Dann griff ich nach dem Gürtel meiner Hose, doch Emma meinte:

„Lass mich das bitte machen Jo!"

Und so ließ ich sie gewähren. Ihre Finger waren wie die Samtpfötchen einer Katze und auch die Hose flog im hohen Bogen durch das Zimmer. Dann streifte ich ihr sorgfältig die halterlosen Strümpfe von den Beinen. Dazu kniete ich vor ihr und zelebrierte diese Handlung geradezu.

Es gefiel ihr, denn sie strich dabei über meine Haare und gluckste glücklich.

Wir ließen uns auf das breite Sofa fallen und erforschten mit unseren Händen den Körper des anderen. Ich zog zärtlich den Bogen ihrer Rippen nach und sie tat so, als spiele sie Klavier auf meinen Rippen. Unsere Beine umschlangen einander. Ich fühlte, wie mir heiß wurde. Diese Hitze kam nicht von der Temperatur im Zimmer. Nein. Sie strömte direkt aus mir selbst und wurde zu einem lodernden Feuer. Emma spürte es auch und sie wurde unruhig. Wie auch ich selbst.

Mit einer Hand öffnete ich ihren BH und zog ihn ihr ganz aus. Achtlos ließ ich den Spitzen-BH auf den Boden fallen und meine Hand suchte sich den Weg zu dem einzigen Kleidungsstück, das sie noch trug.

Emma sagte „Halt!!" und ich erschrak. War ich zu forsch, zu schnell? Hatte ich schon zu viel an diesem Abend getan?

Doch sie griff nach meinen letzten drei Kleidungsstücken und zog sie mir aus. Dabei zog sie mit einem tiefen Seufzer tief die Luft in ihre Lungen und krabbelte wieder in die Ausgangsposition von vorher, bis sie in meine Augen schauen konnte.

Und ich sah den verheißungsvollen Schimmer darin. Ich küsste sie wild und meine Hand nahm wieder den Weg auf, der vorher so abrupt durch die Aktivitäten von Emma abgebrochen wurde. Ich machte halt bei den üppigen Hügeln, die ich erst gerade frei gelassen hatte. Sanft strich ich mit meinen Fingern darüber und die Knospen in der Mitte zogen sich zusammen und erblühten in einem dunklen rot.

Diese erste gemeinsame Nacht wird auf ewig in meinem Gedächtnis bleiben. Nie habe ich so viel Liebe und Vertrauen gespürt. Die Zärtlichkeit, die uns umfing, war wie ein Kokon, in dem wir wohl geborgen einander erkundeten. Die Leidenschaft loderte, verbrannte in unserem Tun und loderte erneut auf, bis wir uns erschöpft in den Armen lagen und selig einschliefen.

In dieser Nacht erlebten wir Momente, perfekte, wunderbare Momente, die unsere Welt für eine Zeit lang anhielten.

Ich dachte bisher immer, dass ich mich mit Frauen auskannte. Doch Emma belehrte mich eines besseren und stellte meine Welt diesbezüglich auf den Kopf.

Mein Leben hatte eine Wendung genommen, die ich mir bis dato nicht hatte vorstellen können. Ich definierte Liebe neu für mich. Denn Liebe war mit Emma etwas ganz anderes, als ich sie bisher erlebt hatte. Sie war bedingungslos und ließ mich sein, wie ich war. Jedoch achtete sie auf ihre

Bedürfnisse und Grenzen und brachte mir bei, diese Achtung, die sie mir ebenfalls erwies, auch selbst zu leben und auch von ihr einzufordern. Sie tat es selten mit Worten, sondern ich lernte meistens aus ihrem Verhalten. Ihre Klarheit diesbezüglich war wirklich unbeschreiblich. Mit ihr wurde meine Welt bunt. Denn ich hatte augenscheinlich vergessen, was Farben sind.

Sie tat all das auf eine sehr ruhige und sanfte Art. Ihre Natürlichkeit verband sich mit ihrer Ehrlichkeit und ihre Liebe übertraf alles. Ich fand keine Fehler an ihr. Sie war in meinen Augen perfekt.

In dieser Zeit dachte ich nie an morgen. Jeder Tag war ein Geschenk, jede Nacht eine immer fortwährende neue Erfindung von uns selbst.

Doch das Morgen kam unerbittlich mit einer Heftigkeit, die mich umfallen ließ, wie einen gefällten Baum. Ich fühlte mich auch so tot wie dieser.

Ich kam mittags ins Restaurant und freute mich, Emma zu sehen und unsere nächste Verabredung zu planen. Ich wollte mit ihr übers Wochenende wegfahren. Nach Wien vielleicht oder Prag. Doch sie war nicht da. Die beklemmende Stimmung, die herrschte, wollte ich wohl nicht wahrhaben, denn ich fragte Leo gutgelaunt:

„Wo ist Emma?"

Dann erst sah ich den Schmerz in Leos Augen.

Meine Stimme klang jetzt panisch und laut:

„Wo ist Emma? Wo ist sie?"

Leo kam um den Tresen herum auf mich zu, nahm meinen Arm und führte mich ins Büro des Restaurants. Dort setzte er mich auf einen Stuhl. Seine Stimme klang unendlich traurig:

„Sie hatte einen Unfall. Emma hatte einen Unfall heute Morgen. Sie ist im Krankenhaus und liegt auf der Intensivstation. Es gibt wenig Hoffnung. Sie wird sterben."

Leos Stimme erstarb und er schluchzte.

Was dann passierte, weiß ich nur aus Erzählungen, denn ich selbst kann mich daran nicht mehr erinnern.

Ich sprang auf und schrie Leo an, dass er seine schlechten Witze für sich behalten soll. Ich schrie noch viel mehr und schlug sogar auf Leo ein. Das tut mir heute noch leid. Ich fühlte nur die Wahrheit in seinen Worten und den Schmerz, der mich von innen heraus aufzufressen begann, wie ein Wurm, der sich durch meine Eingeweide bis hinauf zu meinem Herzen nagte.

Meine Beine begannen zu zittern und mich verließ jede Energie, jede Kraftreserve und meine Beine knickten ein. Da spürte ich Fips hinter mir, der seine Arme um meinen Brustkorb gelegt hatte und mich stützte, damit ich nicht umfiel. Dann saß ich wieder auf dem Stuhl und meine Tränen rannen meine Wangen hinab. Ich fühlte nichts, war wie betäubt und zu ohnmächtig, irgendetwas zu tun oder zu sagen.

Leo blieb bei mir. Ich weiß nicht, wie lange ich dort im Büro saß, völlig betäubt. Dann hob ich meinen Kopf und sagte völlig teilnahmslos:

„Ich möchte zu Emma. Kannst du mich bitte ins Krankenhaus fahren Leo?"

Leo nickte bekümmert und meinte, dass sie mich nicht zu ihr lassen würden. Das dürften nur Angehörige.

„Bring mich hin. Bitte Leo. Ich werde bei ihr sein, dass schwör ich dir!"

So fuhr mich Leo ins Krankenhaus und ich stand vor der Intensivstation und klingelte. Eine ältere Krankenschwester öffnete mir und ich sagte, dass ich zu Emma wollte.

„Sind Sie ein Angehöriger?"

Mit dieser Frage hatte ich gerechnet und die Lüge kam mir glatt über die Lippen:

„Ja. Ich bin ihr Bruder."

Die Krankenschwester sah mich einen Moment abschätzend an, doch dann ließ sie mich hinein und führte mich in ein Zimmer am Ende des Ganges.

Das Zimmer war klein und die Vorhänge waren zugezogen. Am Bett brannte eine kleine Lampe auf dem Tischchen und es stand ein Stuhl direkt neben dem Bett. Ich schaffte es gerade noch auf den Stuhl und dann sah ich sie an.

Sie wirkte in dem Bett noch kleiner. Ihr Gesicht war leichenblass und ihre Hände lagen auf der Bettdecke. Sie war an keine Geräte angeschlossen, hatte nur einen Venenzugang, über den sie vermutlich Flüssigkeit und vielleicht auch Schmerzmittel bekam.

Mir brach das Herz, als ich sie so daliegen sah. Ihr Gesicht hatte Schürfwunden und blaue Flecke. Ebenso die Arme und Hände, soweit ich es sehen konnte. Wer weiß, wie ihr Körper aussah. Diesen Gedanken konnte ich kaum ertragen.

Ich nahm vorsichtig ihre Hand in meine. Sie war eiskalt und meinen Tränen flossen, doch sie brachten mir keine Erleichterung.

Fips war bei mir. Ich spürte ihn an meiner Seite und dankte ihm lautlos dafür.

Emmas Augen waren geschlossen und ich wusste nicht, ob sie mich hören konnte. So sprach ich einfach mit ihr. Erzählte ihr von den Plänen fürs Wochenende und wie sehr ich sie liebte.

Ich steckte in einem Albtraum fest und hoffte, jeden Moment aufzuwachen und Emma gesund neben mir liegen zu sehen. Doch natürlich wusste ich, dass es nur ein Wunschtraum blieb. Emma lag in diesem Bett vor mir und ihr Lebenslicht verlosch. Ich konnte es spüren. Ich hatte ihr nie gesagt, dass ich sie liebte und in diesem Moment bereute ich es. Niemand weiß, wann wir einen Menschen das letzte Mal sehen und mit ihm sprechen können. So ist jeder Moment, in dem wir es tun können, der Richtige. Ich hatte ihr auch nie gesagt, dass ich mir Kinder mit ihr wünschte. Ein Leben, bis der Tod uns scheidet.

War es Ironie des Schicksals, dass uns der Tod so früh einander raubte? Was machte es für einen Sinn, alles zu bekommen, um es kurz darauf wieder zu verlieren? Ich konnte es nicht verstehen und eine unsägliche Wut und ein nagender Zorn wuchsen in mir.

Plötzlich ging die Zimmertüre auf und eine ältere Frau stand im Türrahmen. Sie sah mich verblüfft an und dann stürmte sie wie ein wild gewordener Büffel auf mich zu und zischte leise:

„Wer sind Sie zum Teufel? Was machen Sie bei meiner Tochter?"

Sie hielt kurz vor mir in ihrem Stechschritt inne und murmelte:

„Sie müssen Jo sein. Bitte verzeihen Sie mir. Emma hat mir so viel von Ihnen erzählt."

Ich nickte und stand auf, jedoch ohne die Hand von Emma loszulassen.

„Ja. Ich bin Jo. Und ich hätte Sie gerne unter anderen Umständen kennengelernt." Dann flossen meine Tränen und meine Schultern bebten.

Die Mutter von Emma holte noch einen Stuhl, der in einer Ecke des Zimmers stand und setzte sich neben mich. Sie legte eine Hand auf meinen Arm und drückte leicht zu.

„Sie hat so von Ihnen geschwärmt", gedankenverloren sah sie mich an „Sie erzählte mir, wie Sie sich verändert haben. Und Emma erzählte mir von der wundervollen Zeit, die sie miteinander verbracht haben."

Dann versagte ihr die Stimme. Wir saßen beieinander und sahen Emma an.

Im Laufe der Nacht erzählte mir Emmas Mutter, dass ein Autofahrer Emma angefahren hatte. Sie wurde so schwer verletzt dabei, dass selbst die Notoperation sie nicht retten konnte. Und sie erzählte mir, dass sie schon gefragt wurde, ob sie die Organe, die nicht verletzt waren von Emma, spenden wollte.

Ich sah sie entsetzt an und sie beruhigte mich:

„Keine Angst mein Junge. Emma wird so von dieser Welt gehen, wie sie es am Tage ihrer Geburt begonnen hat. Ihr wird nichts fehlen, was seit diesem Tag zu ihr gehörte. Ich könnte es nicht verantworten, denn darüber haben wir nie gesprochen. Wir konnten ja nicht wissen, dass sie vor mir gehen würde. Mein Lämmchen wird also ganz bleiben."

Wir saßen die ganze Nacht bei Emma und sie rührte sich keinen Millimeter.

Urplötzlich sagte Emmas Mutter:

„Sie hat sie sehr geliebt Jo. Das sollten Sie wissen. Sie war so glücklich mit Ihnen und das ist für mich als Mutter ein unschätzbares Geschenk."

„Ich weiß", meine Worte klangen müde. Ich hatte keine Kraft mehr.

Unvermittelt stand Fips neben mir und sagte:

„Sie ist bereit zu gehen Jo. Es ist gleich vorbei. Die Engel sind da, um sie zu geleiten."

Es war morgens früh fünf Uhr, als sie einfach weiter schlief und ihren geschundenen Körper verließ.

Ich küsste sie zum Abschied sachte auf den Mund, umarmte ihre Mutter fest und ging.

Depressionen

Ich hielt noch eine Zeit lang Kontakt zu der Mutter von Emma. Vielmehr hielt sie Kontakt zu mir. Ich hatte keine Kraft dazu. Ich denke, dass sie das spürte und sich hin und wieder bei mir meldete. Sie, die selbst diesen großen Verlust verarbeiten musste, gab mir von ihrer Kraft ab. Nach den Gesprächen mit ihr ging es mir ein wenig besser. Das hielt jedoch nie lange an.

Die Tage schleppten sich dahin und mir war alles egal. Der Sinn meines Lebens war fort, auf grausamste Weise meiner entrissen und ich fragte mich nicht mal mehr, wozu es sich noch lohnte zu leben. Ich vegetierte dahin.

Fips versuchte mich bei Laune zu halten und selbst seine für mich schrecklich anzusehenden Outfits hielten mich nicht davon ab, im Meer meiner Trübsinnigkeit und Trauer zu versinken. Doch Fips gab und gibt nie so leicht auf.

Zu den sonderbarsten Tages- und Nachtzeiten tauchte er auf bei mir. Einmal stand er im Versace-Anzug vor mir. Nachtblau, aus feinstem Stoff mit einer grellbunten Krawatte, die nicht mal schlecht dazu aussah. Er trug eine Brille zu Showzwecken (natürlich brauchte er sie nicht) und sah aus wie ein Geschäftsmann.

Sein Urwald-Look war auch – nun, sehr einfallsreich. Er sah aus wie ein Safarigänger vor etwa hundert Jahren. Und er trug einen Schnurrbart, der an den Enden lang und nach oben gezwirbelt war. Außerdem hielt er eine Wasserpistole in echter James Bond-Manier vor sich und wedelte damit rum. Er ließ sich wirklich viel einfallen. Doch es interessierte mich nicht.

Ich ging nicht mehr zur Arbeit, telefonierte nicht, war eigentlich nur noch in meiner Wohnung und vernachlässigte mich selbst. Nahrungsaufnahme und Körperpflege standen nur sporadisch auf meinem Programm und um schlafen zu können, ließ ich mir starke Schlafmittel aufschreiben. Mein Arzt, der auch ein alter Schulfreund von mir war, versuchte alles, um mich aus diesem dunklen Loch zu befreien. Doch ich gab ihm nicht die geringste Chance dazu.

Nach ein paar Wochen sah ich aus, wie der Tod auf Latschen, wie man sprichwörtlich sagt. Ich glaube auch, dass genau das unbewusst mein Ziel war: Ich wollte zu Emma auf die andere Seite. Ich wollte einfach nicht ohne sie sein.

Dann – eines Tages, wachte ich früh am Morgen auf. Die Sonne schien durch einen Schlitz der zugezogenen Vorhänge auf mein Bett. Ich sah kleine Staubkörnchen im Strahl der Sonne tanzen und wollte mich schon wieder umdrehen, als ich ihre Stimme hörte. Klar und deutlich:

„Das solltest du nicht tun Jo!"

Ich richtete mich abrupt im Bett auf und sah Emma in der Ecke meines Schlafzimmers stehen. Sie sah wunderschön aus, als käme sie gerade aus einem erholsamen Urlaub zurück. Ihr Blick war voller Liebe und dann hob sie den Zeigefinger und drohte mir lächelnd damit.

„Emma!" Ich wiederholte ständig ihren Namen und wollte aufstehen, damit ich zu ihr gehen konnte. Doch sie sagte:

„Nein Jo. Bleib da, wo du bist. Wenn du näher kommst, muss ich gehen. Wir beide müssen reden. Ernsthaft reden!"

Und dann folgte eine Standpauke von Emma. Sehr liebevoll, zugegeben, aber sie war sehr direkt. Und ich dachte immer, im Himmel wird nur „Hosianna" und „Halleluja" gesungen. Nein, natürlich nicht. Doch in diesem Moment, als Emma mir all das sagte, was ich eigentlich schon wusste, senkte ich beschämt den Kopf.

„Jo ... mein lieber Jo ... meine Zeit war abgelaufen. Daran ist nichts zu ändern. Doch was mit meinem Tod nicht verloren geht, ist die Liebe zu dir und deine Liebe zu mir. Liebe überdauert alle Zeit und wir nehmen sie mit hinüber. Es macht mich traurig, dich so zu sehen. Wir hatten eine unglaubliche Zeit! Das ist das, was wirklich zählt."

Sie machte eine kurze Pause und fuhr fort:

„Jo – hör auf damit, dich selbst zu zerstören! Hör sofort auf damit! Lebe mein Liebster! Das Leben ist ein wunderbares Geschenk und das es einfach sein wird, das hat uns niemand versprochen. Sei glücklich Jo, dass wir uns hatten. Trage es in deinem Herzen wie ein kostbares Geschenk. Und dann mach dich auf … es gibt noch so viel zu entdecken und zu tun für dich. Ich liebe dich. Bis in die Ewigkeit."

Ich starrte sie vom Bett aus an und meine Tränen rannen über meine Wangen und ich stammelte:

„Emma, ich liebe dich. So sehr. Es tut so weh und ich vermisse dich jede Sekunde."

Sie nickte und hob wieder ihren Zeigefinger, sagte aber nichts.

„Ich habe verstanden Emma und ich werde mich bemühen. Sehe ich dich wieder?"

Emma kam einen Schritt auf mich zu und ich sah, wie ihre Gestalt durchscheinender wurde. Ihre Worte trafen mich mitten ins Herz. Und mein Herz, das gebrochen war, begann in diesem Moment ein wenig zu heilen:

„Versprich mir, dass du dich nicht nur bemühen wirst, sondern alles dafür gibst, wieder der Jo zu werden, den ich kannte und liebte. Und ja, mein Liebster. Einmal werden wir uns wiedersehen. Im Himmel warte ich auf dich. Bis dahin – lebe und sei glücklich!"

Ihre Gestalt verblasste immer mehr und am liebsten hätte ich sie festgehalten. Doch das ging ja nicht. Ich seufzte und nickte zu ihren Worten und die Mutlosigkeit und Trauer begannen, sich leichter anzufühlen. Ich wusste, was ich zu tun hatte. Emma hatte mir den Weg gezeigt. Und ja – ich würde sie nie vergessen und die Liebe zu ihr bewahren. Ihre Botschaft, mein Leben zu leben und ihren Tod zu akzeptieren – daran würde ich arbeiten. Ich musste mich nur umprogrammieren.

Leichter gesagt, als getan

Es gelang mir nicht und das machte mich noch verzweifelter. Ich hatte es Emma versprochen. Mein Herz war nicht mehr so zersplittert, ich fühlte wohl, wie es sich langsam wieder zusammen fügte. Und doch gelang es mir nicht, einen normalen Alltag zu leben.

Die nächste Frage war: Was bedeutet normal? Und: Was bedeutet normal für MICH? Der Schmerz hatte so viel in mir aufgefressen und dazu kam noch die Wut über den sinnlosen Tod von Emma, der auch immer wieder in Verzweiflung umschlug. Und ich wusste nicht wohin mit meinem maßlosen Zorn, der sich in mir ausbreitete, wie eine Heuschreckenplage.

Ich fühlte mich einfach leer. Zu leer, um zu wissen, wer ich bin und zu leer, Gefühle wahrzunehmen, die nicht Trauer und Wut waren.

So begann ich damit, mich zu betäuben. Zuerst war es ein Glas Wein, ein oder zwei Bier und ich sagte mir, da ist doch nichts dabei, das macht doch jeder. Für eine Zeit lang ging es mir tatsächlich besser. Doch dann musste ich die Dosis steigern, um taub zu bleiben. Ich hatte damals keine Ahnung, wie ich die Gefühle in mir entladen konnte.

Ebenfalls hatte ich keine Ahnung davon, was ungelebte und abgelehnte Gefühle in einem Körper und der Seele anrichten können. So trank ich munter weiter und glaubte tatsächlich, dass ich meine Probleme und Sorgen im Griff hatte.

Nachts nahm ich weiter meine Schlafmittel und morgens brauchte ich etwas zum Wach werden und um den Tag zu überstehen. In einen Spiegel schaute ich schon lange nicht mehr. Hätte ich es nur getan. Dann wäre ich wirklich erschrocken. Es gab keinen Jo mehr. Nur noch ein Häufchen dessen was ich einmal war. Außerdem zerfloss ich in Selbstmitleid. Und mein Versprechen an Emma ... nun ... ich belog mich selbst und machte mir vor, dass ich doch gut zurecht kam.

Ich saß vor dem Fernseher, wie so oft. Und wie so oft schlief ich ein. Manche Nacht habe ich so auf dem Sofa vor dem flimmernden Fernseher verbracht.

Benommen schreckte ich hoch und sah in den Fernseher und ich erschrak bis ins Mark. Ich konnte kaum glauben, was ich sah und wischte mir mit den Händen schnell übers Gesicht.

Wie eine Moderatorin oder Nachrichtensprecherin sah ich Emma in der Flimmerkiste. Sie war perfekt geschminkt und frisiert und sagte ausdruckslos in die Kamera:

„Und nun sehen Sie mit mir das Filmdrama „Das vergeudete Leben von Joseph". Ich wünsche Ihnen keine gute Unterhaltung."

Ich wischte mir über die Augen und schluckte. Mit einem Mal war ich hellwach und die Benommenheit fiel von mir ab, wie ein großer und schwerer Rucksack. Ich träumte nicht, dessen war ich mir absolut bewusst.

Dann begann der Film und ich war die Hauptperson.

Es war meine Beerdigung und es waren nicht viele Menschen da. Meine Brüder und deren Familie, soweit ich sehen konnte.

Einer von ihnen sagte gerade zum Pfarrer:

„Wir haben ihn lange nicht gesehen. Seitdem Emma gestorben war, hatte er sich sehr verändert. Er fand keinen Sinn mehr im Leben und der Kontakt zu uns brach völlig ab. Wir haben uns noch eine Zeit lang um ihn bemüht. Aber das war völlig sinnlos."

Der Pfarrer nickte bedächtig und rieb sich übers Kinn.

Die Kamera schwenkte auf das Grab. Die frische Erde lag in einem Haufen daneben und ich sah auf den Sarg hinab. Darauf saß Fips und starrte hinauf zu mir:

„Jo, du bist ein Idiot!!! Ja. Du hattest alles und jetzt nicht mehr. ABER – DU hattest Emma – für eine Weile. Ihr hattet eine wundervolle Zeit. Du hast Emma verändert und sie dich.

Siehst du eigentlich, was du noch alles erreichen kannst? Auch ohne Emma? Herzen können heilen, das weißt du. Das Leben ist kein Wunschkonzert.

Wach auf Jo! Wach endlich auf!!! Ich würde dir ja einen Arschtritt verpassen, aber das würde gegen den Engel-Knigge verstoßen. Wach auf Jo – suche dein Glück!"

Fips saß auf meinem Sarg im Schneidersitz und er neigte den Kopf hinunter und ich sah, wie er durch den Sarg rutschte, wie eine Comicfigur. Seine Konturen verschwanden, als würde der Sarg ihn auffressen.

Dann war Emma wieder auf dem Bildschirm zu sehen. Sie sagte:

„Hier und jetzt ist meine letzte Ansage. Sehen Sie jetzt den Film „Joseph auf Glückssuche" und dazu wünsche ich Ihnen gute Unterhaltung."

Dann sah sie mir direkt aus dem Fernseher in die Augen und ihre Lippen formten „Ich liebe dich".

Dann sah ich mich auf einer Bank in einem Park sitzen. Auf der anderen Seite des Kiesweges, an dem die Bank stand, lag ein großer Kinderspielplatz und ich hörte das Lachen und manchmal auch das Weinen eines der Kinder. Plötzlich rannte ein kleines Mädchen, vielleicht vier Jahre alt, auf mich zu und rief mit roten, erhitzten Wangen:

„Papa, Papa, es ist so toll hier. Komm mit, schau wie ich rutschen kann!"

Die Kleine warf sich in meine Arme und ich drückte sie an mein Herz. Sie war blond mit himmelblauen Augen und einem Lächeln, dass die Polkappen schmelzen lies. Mein Herz schmerzte vor Liebe und ich sog den Duft der Kleinen tief in mein Innerstes und dankte dem lieben Gott für solch ein Geschenk. Ich konnte die Emotionen fühlen, die der Jo im Fernseher verspürte.

Dann eine andere Szene. Ich lag im Bett. Es war früh am Morgen und die Vögel sangen ihr Lied in den Bäumen. Ein leiser, flüsternder Wind strich durch die Blätter und seine Melodie verband sich mit dem Gesang der Vögel.

Ich hörte die Dusche und eine Frauenstimme, die ein Lied zum Plätschern des Wassers summte. Kurz darauf kam sie splitterfasernackt und völlig nass und krabbelte auf das Bett, bis ihre Nasenspitze auf meine traf.

„Liebling – ach war das schön!"

Ich überlegte, was denn gerade so schön war. Die Nacht? Mit mir? Die heiße Dusche? Einfach, dass wir beide im Bett lagen und uns verliebt ansahen?

Sie schüttelte ihre lange, blonde und tropfnasse Haarmähne über meinem Gesicht und ich lachte, zog sie in meine Arme und küsste sie wild.

Die nächsten Bilder zeigten mich auf einem Schiff. Der Wind blähte die Segel und mir rief jemand zu, dass wir bald den Zielhafen erreichen würden. Es war kein großes Schiff, doch die Planken waren sorgfältig geschrubbt und der letzte Anstrich war sicherlich noch nicht lange her. Ich sah ein paar andere Menschen auf Deck herumlaufen und an der Reling stehen.

Und ich selbst sah auf das weite Meer hinaus, hörte das Kreischen der Möwen und die Wellen, die an die Planken des Schiffes klatschten. Die Luft war salzig und frisch und die Sonne schien auf das blaue Meer und schien es noch blauer zu machen. Den Himmel trübte kein Wölkchen und ich dachte mir, dass sich so Glück und Freiheit anfühlte.

Ich sah neben mir im Sonnenstuhl eine ältere, blonde und sehr gepflegte Dame sitzen. Ich schätzte sie auf etwa Mitte sechzig. Sie trug einen Sonnenhut, der über ihr Gesicht einen Schatten warf. Ein wenig Lippenstift, der ihr gut stand und ein hübsches Sommerkleid rundeten ihr Gesamtbild ab. An ihren Füßen hatte sie zierliche, weiße Sandalen. Mit einem Mal öffnete sie die Augen und schaute mich an.

„Jo – ist diese Reise nicht wunderbar? Ich bin so froh, dass du mich dazu überredet hast und wir nicht, wie jedes Jahr, nach Italien gefahren sind. Da ist es auch schön, aber auf dem Meer – es ist herrlich!"

Und der Jo im Fernseher streckte seine Hand zu ihr hinüber und drückte sie fest. Ich konnte an seinem – ja eigentlich meinem – Gesicht ablesen, wie froh ihn die Worte gemacht hatten. Und ich sah die Falten in meinem Gesicht. Ich war nicht mehr jung und anscheinend hatte ich mit der hübschen Dame neben mir, viele Jahre gemeinsam verbracht. Vielleicht – ja mit Sicherheit – war sie meine Frau.

Ich starrte immer noch in die Flimmerkiste, auch noch, als der Bildschirm schon schwarz war.

Glück? Ich hatte es mit Emma gehabt und verloren. Mein ganz persönliches Fernsehprogramm hatte mir aber gerade gezeigt, dass es noch andere Arten des Glücks geben kann.

Doch wie sollte ich das nur schaffen? Ich wollte so gerne glücklich sein und hatte doch so maßlose Angst davor ... zu hoffen und daran zu glauben. Konnte es denn noch einmal so ein Glück für mich geben?

Glück kann viele Gesichter haben. Auch zur gleichen Thematik gibt es viele Variationen des Glücks.

Ich musste einfach nur rauskriegen, worin mein Glück noch bestehen konnte. Und ich musste von den Medikamenten und dem Alkohol weg.

Manche schlaflose Nacht verbrachte ich damit, mir über einiges klar zu werden. Es fiel mir schwer, die Schlaf- und Aufputschmittel wegzulassen. Doch einen eisernen Willen hatte ich schon immer. Mein Körper streikte, sehnte sich nach der künstlichen Ruhe und danach nach der Aktivität, die mir die nächste Pille versprach. Ich biss die Zähne zusammen. Es blieb mir nichts anderes übrig.

Das mit dem Alkohol war genauso schwierig. Mein Arzt, der auch einmal mein Freund gewesen war, half mir. Und mit

Dankbarkeit und Freude kann ich sagen, dass unsere Freundschaft dadurch wieder Auftrieb und Nähe bekam. Auch das war eine Form von Glück.

Es war ein verdammt schwerer Weg und oft genug war ich nahe daran, aufzugeben. Und dann war es auch so. Ich wehrte mich nicht mehr gegen den lang unterdrückten Drang „mir was Gutes zu tun". In diesem Moment war mir alles scheißegal. Ich konnte die körperlichen Qualen nicht länger ertragen und ich fragte mich eh, für wen oder was ich das alles auf mich nehmen wollte. So siegte die Sucht. Alles, was ich mir bis dahin erarbeitet hatte, lag in Trümmern vor mir. Es sind oft nur kurze Augenblicke, ein Wimpernschlag, der alles verändert. Ich fühlte nichts mehr. Ich gab mich auf.

Ehrlich gesagt, besteht ein Leben – auch unter normalen Umständen – aus ganz schön viel Süchten. Der Knackpunkt ist nur, wie viel Zeit die Sucht einnimmt. Und wenn ich nicht mehr ohne kann, dann ist es eigentlich schon zu spät. Dann wurden viele Alarmzeichen überhört und übergangen. Das ist die Erkenntnis, die ich gewonnen habe.

Meiner Meinung nach überlagert eine Sucht nur immer eine innere Leere. Um diese Leere sinnvoll füllen zu können, muss ich natürlich wissen, was ist sinnvoll für mich. Und dazu wiederum sollte ich mich einfach sehr gut kennen. Und da ist es so, dass es Zeit braucht, Stille und innere Einkehr, um mich wirklich kennen zu lernen.

Das wurde mir aber erst viel später klar. In diesem einen Moment, als ich mich aufgab und mich volldröhnte, mit allem, was ich zuhause hatte, stand plötzlich Fips vor mir und er sagte unendlich traurig:

„Jo, ach Jo, war wirklich alles vergebens?" Ihm rannen Tränen übers Gesicht und er sah mich an mit so viel Liebe, dass ich die Augen schloss. Ich wollte ihn nicht sehen.

Dann fiel ich ins Koma. Einer meiner Brüder fand mich zuhause und es war fast schon zu spät. Er brachte mich sofort ins Krankenhaus und da kämpften sie um mein Leben. Eine lange Zeit lag ich im Koma.

In diesen Wochen, aus denen Monate wurden, trat ich die ungewöhnlichste und abgefahrenste Reise meines Lebens an.

Flucht in eine andere Dimension

Mein Körper fühlte sich schwerelos an. Eigentlich war es so, dass ich meinen Körper gar nicht mehr spürte. Ich sah ihn unter mir liegen und sah die Schläuche, die von ihm zu Maschinen gingen und ihn am Leben hielten. Darüber machte ich mir aber keine Gedanken.

Die Schwerelosigkeit fühlte sich herrlich an. Ich schwebte an der Decke, sah die Ärzte und Schwestern, die besorgt auf mich hinunter sahen. Es kümmerte mich nicht. Auch hatte ich keine Ahnung, was mit mir gerade passierte. Das hatte keinerlei Bedeutung für mich. Nur dieser schwerelose Zustand erfüllte mich. Mein Denken und fühlen als Mensch hatte aufgehört. Und dennoch war fühlen und denken jetzt für mich intensiver geworden. Dieser Zustand ist schwer in Worte zu fassen.

Mir war bewusst, dass ich meinen Körper zurück gelassen hatte. Es wunderte mich ein bisschen. Nicht die Tatsache an sich, sondern dass es mir so wenig ausmachte. Ich fühlte keinerlei Schmerz, so wie ich ihn als Mensch gekannt hatte.

Plötzlich wurde ich förmlich angesaugt und ich flog blitzschnell in die Höhe. Immer höher und höher und dann wurde es dunkel.

Mich umgab eine Schwärze, die tiefer war als rabenschwarz. Es war eine tiefe, unendliche Dunkelheit und sie war gefüllt mit Stille. So trieb ich dahin ohne Eile. Ich konnte es sowieso nicht ändern, denn etwas zog mich weiter voran. Gemächlich und sachte, doch sehr zielstrebig.

In dieser Leere hörte ich manchmal Töne, aber keine Musik. Auch Stimmen, aber keine Worte. Ich schwebte einfach dahin. Als Mensch würde ich sagen, es war eintönig und langweilig. Doch so empfand ich es nicht. Dieser Zustand im Dunkeln bewirkte ein inneres zur Ruhe kommen. Wie die Wellen des Wassers, nachdem ein Stein hineingeworfen wurde, so beruhigte ich mich nach und nach immer mehr. An mein früheres Leben dachte ich in dieser Zeit nicht. Es war, als hätte es dies nie gegeben. Ich bestand nur aus Energie.

Dann, mit einem Mal, empfand ich die Schwärze als Trichter. Ich fühlte, wie es enger um mich wurde, bis ich fast stecken blieb. Die Dunkelheit umschloss mich wie eine zweite Haut. Nur, dass diese zweite Haut mich mit der Zeit ausquetschte, wie eine Zitrone. Sie komprimierte die Energie, aus der ich bestand, immer mehr, bis ich zu einem kleinen Klumpen wurde, so klein, wie ein Staubkorn. Ich hatte keine Angst, ja wirklich, diese Enge fühlte sich nach Geborgenheit und Frieden an.

Da hörte ich die Stimmen wieder und plötzlich wurden Worte aus ihnen und für mich wahrnehmbar:

„Auch im kleinsten Staubkorn bin ich zuhause. Du wirst mich finden, wo immer du mich finden möchtest. Selbst im Nichts ist meine Heimat. Niemals geht etwas verloren, nichts ist für immer und nichts geschieht ohne Grund."

So bummelte ich durch Zeit und Raum, war weder glücklich noch traurig. Ich existierte einfach. Es war ein Zustand von absoluter und umwerfender Zufriedenheit. Irgendetwas geschah mit mir. Mir war, als würde für mich eine Gebrauchsanweisung umgesetzt, die ich verloren hatte. Ich verstand, auch wenn ich nicht wusste, was. Ich fühlte und auch da war mir nicht klar, welche Gefühle das waren. Doch das war wirklich einerlei. Wichtig war, dass es geschah. Da war ich mir sicher.

Dann wurde die Dunkelheit getaucht in funkeln. Ich sah es am Horizont, ein kleines Aufblitzen, das schnell wieder verlosch und kurz danach wieder aufflammte. Es war wie ein Hoffnungsschimmer, der sich zeigte. Obwohl Hoffnung für mich in dieser Zeit nicht wichtig war. Es war eigentlich ein Wort, das ich nicht mehr kannte und brauchte und doch berührte dieses Funkeln etwas in mir.

Ich freute mich auf die Momente, wenn ich das Glitzern wieder erwartete. Das kleine Energiekorn, das ich war, fühlte eine Vorfreude, die direkt aus meinem Inneren kam. Ich brauchte nichts anderes, als das Funkeln und wenn es kam, jauchzte ich. Es war nur der Moment, der zählte. Wenn ich auf das Funkeln wartete, fühlte ich freudige Erwartung in mir. War es dann da, genoss ich den Augenblick. Es war wie eine Endlosschleife. Und es war mir genug.

Ich schreibe dies hier alles aus meiner Erinnerung und oft fällt es mir unsäglich schwer, die richtigen Worte zu finden. Es waren Erlebnisse und Gefühle, die ich so nicht kannte. Ich versuche es so gut es geht, mit meinen Worten zu beschreiben. Aus heutiger Sicht kann ich sagen, dass dies für mich gefühltes pures Glück war.

Ich wollte diesen Zustand nie mehr verlassen. Er war einfach zu perfekt.

Doch die Stimme hatte ja gesagt „Nichts ist für immer" und da hatte sie verdammt recht.

Denn irgendwann kam das kurze Aufleuchten nicht wieder. Doch auch da machte ich mir keine Sorgen. Ich akzeptierte sofort die Veränderung. Es geschah, was geschehen sollte, dessen war ich mir absolut sicher.

So glitt ich durch Raum und Zeit, mit Gott an meiner Seite und wurde gehalten in Liebe und erfuhr endlose Geborgenheit. Die Klarheit keimte in mir, dem kleinen Staubkorn, das ich war und wenn ich heute zurückblicke, muss ich sagen, dass diese Zeit die prägendste meines Lebens war. Im übertragenen Sinne kann ich sagen, dass dort, wo Raum und Zeit keinen Namen haben, meine Festplatte quasi auf „Beginn und Ergänzung" gestellt wurde. Dies geschah lautlos und ohne dass ich mir dessen bewusst war. Das war die erwähnte Klarheit, die ich vorhin schon erwähnte.

Ich bewegte mich im Nichts und war Nichts und war doch so viel mehr. Ich hatte keinen Ehrgeiz mehr, keine Eitelkeit, keinen Egoismus, keinen Zorn ... nur Liebe erfüllte mich.

Und dann geschah das Wunder: mein Bewusstsein kehrte zurück. Das kleine Staubkörnchen begann wieder bewusst zu denken und zu fühlen. Vorher war ich dem ausgeliefert - wobei ausgeliefert ein schlechtes Wort dafür ist, denn ich war ja geborgen in Liebe. Doch jetzt regte sich ganz sachte der Joseph in mir. Meine Erinnerung kehrte langsam zurück. Auch, dass ich diesen Zustand, in dem ich mich gerade befand, mir selbst zu verdanken hatte. Meinen Absturz und die Resignation meines Körpers hatten mich von meinem Körper getrennt, weil der beschloss, dass es genug war. Mir war sehr bewusst, dass mein Körper entweder schon gestorben war, oder sich auf dem Weg dorthin befand. Es interessierte mich nicht besonders. Dort, wo ich mich gerade befand, war alles, was ich wollte.

Aber auch im Jenseits, oder wie immer man es bezeichnen will – in meinem Fall eher eine Zwischenwelt – hört das Lernen nicht auf. Das höhere Bewusstsein will erreicht werden und ich sage mal „Unzulänglichkeiten" und „Fehlprogrammierungen" wollen entlarvt und bearbeitet werden. Kurz gesagt: das Leben wollte mich weiter vollenden und das bedeutete Arbeit.

In der Ferne hörte ich ein leises Summen. Es hörte sich schön an und verursachte ein vibrieren in mir selbst. Es kam mir vor, als ginge ich eine Verbindung mit Jemanden oder Etwas ein. Ich befand mich auf der gleichen Resonanzebene, wie das Summen. Es fühlte sich an, wie vierhändig Klavier spielen oder ein Duett singen. Das Miteinander war die Ergänzung zur eigenen Individualität. War es schon in der Dunkelheit wunderschön gewesen, so war das Aufeinandertreffen und Verschmelzen mit dem Summen noch seelenvoller und beglückender.

Ich fühlte mich nicht mehr als kleines Staubkorn. Und oft fragte ich mich, wo Fips eigentlich abgeblieben war. Er hatte mir doch einmal versprochen, dass er immer bei mir sein wollte, ganz gleich, was auch geschehen würde.

Das Summen nahm an Lautstärke zu, je näher ich ihm kam. Ich spürte meinen Körper und konnte ihn fühlender Weise sehen. Er war jedoch eine Illusion, da ich nur aus Energie bestand. Doch es war auch beruhigend. Ich fühlte etwas, das ich kannte, als ich lebendig war. Einen Körper, ein Gesicht, einen Mann. Als ich in die Klarheit eintauchte, wusste ich, dass ich als lebendiger Jo noch nicht am Ende war. Es lagen noch Aufgaben vor mir. Also musste ich wieder zurück in meinen Körper. Wann dies geschehen würde, wusste ich nicht. Mein Vertrauen diesbezüglich war grenzenlos. Es würde geschehen, wenn ich bereit dazu war. Ich ging davon aus, dass es hier, in der ganz anderen Dimension, noch einiges für mich zu erfahren galt.

So steuerte ich auf das Summen zu, dass getaucht war in tiefstes Orange und Gelb. Die Farben schwangen mit dem Summen mit und verschmolzen miteinander, trennten sich wieder, um sich wieder zu vereinigen. Es war ein gigantisches Schauspiel in völliger Harmonie.

Die Muschel

Ich war begierig darauf, in die Farben einzutauchen und ich wurde nicht aufgehalten. Ich fiel durch sie hindurch, wie ein Flugzeug durch die Wolken im Sinkflug.

Ich schwebte lautlos und sehr sanft, bis ich auf einen langen, weißen Sandstrand traf. Der Sand war fein und glitzerte in der Sonne, die Palmen waren überall verteilt und spendeten Schatten und es lagen glatte, blanke Steine in der Größe eines Tisches herum. Sonst herrschte Stille. Der blaue Ozean ließ mich seine immerwährende Melodie hören, wenn das Wasser ans Ufer patschte.

Es war merkwürdig, obwohl ich ja körperlos war, spazierte ich über den Strand. Ich konnte den warmen Sand spüren, der durch meine Zehen rieselte und die Sonne auf meiner Haut. Auch schmeckte ich die salzige Luft.

Dann hörte ich jemanden singen und zwischendurch auch brabbeln. Ich vernahm eine Stimme, die irgendwie gedämpft klang. Das machte mich neugierig. Ich lief weiter und ich sah sie schon in einiger Entfernung am Strand liegen. Daher kamen die Töne, denn sie wurden lauter, je näher ich der großen Muschel kam. Sie war wirklich groß, ich schätzte sie im Durchmesser auf etwa einen Meter. Sie schillerte in allen

Regenbogenfarben und sie war wunderschön.

„Hey", rief ich ihr zu „Mein Name ist Jo und ich freue mich, dich kennenzulernen."

Das Gebrabbel verstummte sofort. Es war totenstill in der Muschel.

Ich wagte erneut eine Annäherung:

„Können wir uns ein wenig unterhalten? Wo ich doch schon mal hier bin …"

Die gequetschte Stimme, die nun aus der Muschel ertönte, klang gereizt:

„Ich bin keine Laber-Muschel! Also, warum sollte ich Lust haben, mit dir zu reden?"

„Naja, weil die Gelegenheit günstig ist vielleicht?!"

Ich hörte nur ein entnervtes „pfffffff" von ihr.

„Nun komm schon!", versuchte ich sie zu überreden „Warum öffnest du dich nicht einfach?"

„Warum sollte ich???"

„Die Welt um dich herum ist wunderschön und es gibt viel zu entdecken. Mich zum Beispiel."
„Nein nein!" Die Muschel klang reserviert.

„Ich könnte verletzt werden, oder die Sonne trocknet mich aus oder du bist ein Schwindler und willst mir Übles!"

Nach dieser Ansprache herrschte wieder Totenstille und kein Blubb war mehr von ihr zu hören. Als wenn sie durch nichts sagen auf einmal unsichtbar werden könnte oder nicht mehr existierte.

„Ja. Du hast recht Muschel. All das könnte sein ..."

Es dauerte eine Weile, bis sich die Muschel doch noch zu einer Antwort durchrang:

„Siehst du! Eben deswegen bleibt alles so, wie es ist."

Ich setzte mich auf einen der großen, blanken Steine in der Nähe der Muschel. Der Stein war ganz warm und als ich mich auf ihn setzte, gab er nach, wie Schaumgummi. Er passte sich mir an und es war äußerst bequem, auf ihm zu sitzen.

Als er dann zu sprechen anfing, zuckte ich ein wenig zusammen:

„Meine Güte! Als ob es je für irgendetwas eine Sicherheit geben könnte! Jetzt hör dir das an!"

Der Stein unter mir fing zu beben an. Es fühlte sich fast so an, als lachte er.

„ICH höre dich!", kreischte da die Muschel und ich zog die eigentlich ja nicht vorhandenen Augenbrauen hoch.

Dann begann der Stein zu glühen, verströmte warmes Licht und wurde noch weicher und ich sackte mehr ein, wurde umhüllt und gehalten. Seine Stimme nahm eine sehr sanfte Stimmlage an, als er fort fuhr:

„Das Leben ist nicht dazu da, um sich in Sicherheit zu wiegen. Mutig seinen Weg gehen, das ist es. Die Absicht, die hinter allem steht, ist wichtig. Natürlich auch vorsichtig sein. Wer will denn schon früher aus dem Leben scheiden, als er muss? Neue Wege erscheinen erst immer mal recht steil und unwegsam. Gefährlich. Doch auf den alten, ausgetretenen Straßen wird man nichts Neues erfahren. Dein Horizont wird immer der gleiche sein und die Seele verkümmert dabei.

Ich höre das Gejammer der Muschel schon seit Ewigkeiten. Und wenn ich Ewigkeiten sage, dann meine ich Ewigkeiten.

Sie wird nie entdecken, wie schön der Strand und das Meer hier ist. Wie blau der Himmel ist und wie sanft der Wind durch die Palmen weht. Sie wird nie neue Dinge kennen lernen. Nie andere Meinungen hören und nie verstehen, wie schön Gemeinschaft ist. Und sie wird auch nie irgendjemanden die Gelegenheit geben, sie kennen zu lernen, um damit auch ihre Schönheit zu entdecken. Wirklich traurig."

Plötzlich hörte ich das Summen wieder. So laut und intensiv, als würde ich inmitten der Töne stehen. Das Orange und Gelb hüllte mich ein, zog an mir und nahm mich mit sich fort.

In einem Strudel von gelb und orange driftete ich dahin. Dann wurde es wieder dunkel, die Farben lösten sich langsam auf und ich schwebte in völliger Schwärze.

Irgendwann dachte ich mir, dass ich in der Unendlichkeit angekommen war. Wie viel Zeit vergangen war, seit dem ich im Krankenhaus über mir schwebte, wusste ich nicht. Zeit konnte ich in diesem körperlosen Zustand nicht wahrnehmen. Ich hatte nur die Vermutung, dass es nach menschlichem Ermessen wohl schon recht lange sein musste.

Und deswegen dachte ich, dass ich mich in der Unendlichkeit befand. Denn nie hatte ich einen Anfang oder ein Ende gesehen. Alles war weit und groß. Die Stille beeindruckte mich ebenfalls enorm. Als Mensch nimmt man in der Stille seinen eigenen Herzschlag ganz bewusst wahr. Hier, in der Unendlichkeit und seiner Stille, wo ich als körperloses Wesen dahin trieb, spürte ich mich und meine Seele. Ich spürte MICH, nichts anderes als mich. Ich hatte keinen Herzschlag, nur mich selbst. Die Gedanken, die kamen und gingen, waren wie ein warmer Sommerregen. Angenehm und sie sickerten in mich, suchten sich den Platz, der für sie passend war.

Und dann – unvermutet, von einer Sekunde zur anderen – hörte ich zunächst ein klagvolles Wimmern. Es war leise, so als schämte es sich, gehört zu werden. Ich war eigenartig angezogen von diesen Tönen.

Dann schlug das Wimmern plötzlich um in Schluchzen. Es schien aus dem tiefsten Universum zu kommen. Aller Schmerz der Welt schien hier zusammen zu kommen. Und nun änderte sich auch das Schluchzen. Es steigerte sich zu einem mächtigen Brüllen, einem verzweifelten, unsäglichem Brüllen. Ich hörte den Schmerz darin, auch die Wut und den Zorn. Das ganze Universum schien zu erbeben und wie ein Echo kamen die gepeinigten Töne aus allen Richtungen zurück.

Ich fühlte mich betroffen oder eher gesagt getroffen. Jählings spürte ich Fips neben mir. Ich wusste einfach, dass er es war.

„Wo warst du Fips? In der ganzen Zeit, in der ich hier bin?" Ich wollte nicht anklagend wirken, konnte es aber nicht verhindern.

„Ich war immer bei dir Jo. Immer. Die ganze Zeit. Dieser Weg war dir bestimmt. Dein Vertrauen ist immer noch brüchig mein Freund. Ich werde dich nie verlassen. Nur manche Erfahrungen sind wichtig, dass man sie alleine erfährt. Die nächste Erfahrung sollst du nicht alleine durchstehen. Deswegen kannst du mich jetzt auch spüren."

Fips hatte laut mit mir gesprochen, denn das Brüllen und Klagen war überdimensional laut geworden.

„Was hat das zu bedeuten?" In mir kroch etwas hoch, ich spürte tief in mir eine Wahrheit, die ich bisher verbannt hatte. Fips brauchte nichts zu sagen. Die Dunkelheit, in der ich mich so lange schon und auch jetzt wieder bewegt hatte, brachte mir die Klarheit, die ich bewusst als Jo verleugnet hatte. In der Dunkelheit ist das Licht und die Wahrheit zu finden.

All das, was ich hörte, all das war mein eigener Schmerz. Den Schmerz, den ich vergraben hatte, weil ich dachte, so lässt er sich leichter ertragen.

„Du hast recht Jo", sagte Fips, „Dein Schmerz frisst in dir. Du musst ihn zulassen, akzeptieren, einladen zu dir. Und ihn aushalten und deine Gefühle dabei leben. Nur so kann er leichter werden und irgendwann vorbei sein. Alles, was du ablehnst, wird sich verstärken. Alles, was du nicht sehen willst, ist trotzdem da. Jeder Abschied, den du nicht vollziehst, wird bestehen bleiben. Du hast nie richtig um Emma getrauert. Warst nur wütend und zornig und dann hast du alle Gefühle weggesperrt, damit du nicht leidest. Doch somit hast du dein Leid nur vervielfacht.

Jeder Schmerz und jedes Leid will wahrgenommen, gesehen werden, als das, was es ist: eine unausweichliche Begebenheit im Leben. Etwas annehmen, heißt, es verstehen als eine Situation die ins Leben kommt, weil es so ist und man es nicht ändern kann. Leben ist Wachstum zum höheren Selbst hin."

Und schlagartig begriff ich und stimmte in das Wehklagen und Weinen ein. Ich schrie verzweifelt und brüllte meine Trauer hinaus. Dann wurde ich still. Fips war bei mir. Ganz dicht. Er wusste, dass es noch nicht vorbei war.

Dieser Prozess dauerte lange. Nach den Pausen, in denen ich still war, folgten die lauten Klagen. Mein aufgestauter Schmerz und die Trauer, die ich nie gelebt hatte, fanden hier ihr Ventil. Ich schrie Emmas Namen und ich fühlte die unbeschreibliche Wut über ihren Tod.

Fips hielt mich in der ganzen Zeit, sonst wäre ich vermutlich in tausend Stücke zersplittert. Da wir nur aus Energie bestanden, ist das nach menschlichen Vorstellungen schwer vorstellbar. Doch, wie ich schon einmal erwähnte – ich war zwar nur Energie, doch fühlte ich mich hier in dem Körper, den ich zurück gelassen hatte.

Dann wurde es hell. Wie ein Sonnenaufgang am Horizont, so kam das Licht zurück. Es ließ sich Zeit. So, als würde es mir sagen:

„Ich komme zurück und lasse dir Zeit, dich wieder an mich zu gewöhnen. Nur wo Dunkelheit ist und war, kann ich wieder erscheinen."

In mir regte sich Hoffnung und … der Wille zum Leben. Mir war klar, dass ich die Hälfte meines Lebens mit unnützen Dingen und Wertvorstellungen verbracht hatte. Ich suchte Bestätigung und Liebe, wo ich sie nicht finden konnte. Meine Augen waren trübe geworden und Glück war so weit entfernt von mir, wie der Frühling vom Winter. Weit, aber nicht unerreichbar, wohlgemerkt.

Ich hatte so viel gelernt. Schon die Zeit mit Emma und auch davor, hatte mich verändert. Doch was ich hier gefunden habe, in der Schwärze der Dunkelheit und auf den teils sonderbaren Wegen hier, ist unbeschreiblich.

Um zu gesunden, ganz und heil zu werden, heißt es, das Leben auf sich zu nehmen. Ich trage die Verantwortung für meinen Schmerz und wenn ich ihn verbanne, werde ich immer nur ein halber Mensch sein. Nie vollkommen. Das trifft nicht nur auf den Schmerz zu. Alle Belange meines Daseins liegen in meiner Verantwortung. Nehme ich sie an in Liebe und widme ich ihnen mit meiner ganzen Aufmerksamkeit, dann haben sie die Chance, sich zu offenbaren, zu wandeln und den Platz in mir zu finden, an dem sie sein wollen. Um vielleicht irgendwann in aller Vollkommenheit erstrahlen zu können.

Nicht alle Dinge müssen hinterfragt werden – nur jene, die in mir rumoren und nicht zur Ruhe kommen.

Der Eisberg

Ich badete im Licht und es umschmeichelte mich, lud mich ein, es aufzusaugen und in Dankbarkeit zu schwelgen.

Es war wundervoll. Ich spürte die Glückseligkeit und das Verlangen, immer dort zu sein. Schwerelos und ohne Ängste und Sorgen genoss ich diesen Rausch des Lichts.

Emma war zu meiner Vergangenheit geworden. Nicht mehr zu meiner Gegenwart.

Plötzlich bemerkte ich, wie es kühl um mich wurde. Und ich war neugierig, was nun passieren würde. Meine Aufmerksamkeit war sensitiver geworden. Ich spürte kleinste Veränderungen.

In einer Lichtkugel wohl geborgen flog ich sanft auf das nächste Abenteuer zu. Ich wurde abgesetzt auf der Spitze eines Eisberges. Die Lichtkugel entließ mich aus ihrer Mitte und da war ich nun.

Um mich herum das kalte, blaue Meer. Und auch der Eisberg um mich schimmerte eisblau. Es war nichts anderes da. Blauer Himmel, blaues Meer und das kalte, erstarrte Weiß des Eisberges.

Mir selbst war nicht kalt. Ich konnte zwar die Kälte um mich herum spüren, doch ich fror nicht. Schließlich hatte ich ja auch keinen Körper. Die Einsamkeit, die hier herrschte, erschreckte mich ebenfalls nicht. Die Zeit schien still zu stehen.

Das Universum kreiert niemals etwas umsonst. Es schickt uns das, was wir brauchen, um zu gedeihen. Auch wenn es oft schwere Kost ist, so ist es genau das, was uns wachsen lässt. Wenn wir in der Lage sind, es als das anzunehmen: als Chance zur Veränderung.

Dann fing der Eisberg zu sprechen an:

„Hallo Jo! Du bist weit gekommen. Gratuliere! Hier bei mir ist deine letzte Station."

Letzte Station? Hieß das, dass ich danach sterben würde?

Der Eisberg schwankte ein wenig und erneut begann er zu sprechen. Er hatte eine volltönende, warme Stimme, sehr tief und in ihr klang Wohlwollen mit:

„Aber nein Jo! Du wirst noch nicht sterben. Nicht heute. Dein Leben als Mensch ist noch nicht vorbei. Du musst ja noch die Gelegenheit haben, alles was du hier bei uns gelernt hast, umzusetzen. Im Übrigen wird es nie vorbei sein. Die Seele kann nicht sterben."

Ich musste nur etwas denken und der Eisberg antwortete mir darauf. Hier funktionierte Kommunikation definitiv anders. Es erschien mir auch viel einfacher, denn manchmal fehlten einem die richtigen Worte und auch der Mut, etwas zu sagen. Beim Denken ist es einfach. Ohne Filter gelangt alles an die Oberfläche. Wenn ich denke, verstecke ich nichts – wenn ich ehrlich zu mir selbst bin. Und der Eisberg hatte Zugriff auf meine Gedankengänge.

Hier, wo ich mich befand, konnte und wollte ich sowieso nichts verstecken. In aller Selbstverständlichkeit war die Klarheit einfach da oder suchte sich ihren Weg. Mir schwante, dass dies ein fantastisches Geschenk und Wunder war, das mir da zu Teil wurde.

Würde ich jetzt wissen, was Glück für mich bedeutet? Das Leben als Mensch ist nicht einfach. Nicht so einfach wie hier in der Weite des Universums, dem Mittelpunkt allen Seins. Ich habe als Mensch nie die Tiefe gesucht. Und erst jetzt verstand ich, dass in der Tiefe ebenfalls die Wahrheit zu finden ist.

„Ja, du hast recht Jo. Hier ist manches einfacher. Sieh mich an! Du siehst nur einen Bruchteil von mir, doch unter Wasser ist der

Rest von mir. Wenn du mutig bist, dann spring ins Wasser und erkunde, was du dort findest. Nur so ist dir ein faires Urteil über mich möglich. Und ehrlich gesagt wird es nicht hundert Prozent sein. Dass, was jedes Ding, jeden Menschen, ausmacht, wird nie ganz zum Vorschein kommen. Doch man kann versuchen, so viel wie möglich zu erfahren. Der Rest wird immer das Geheimnis und Wunder eines jeden selbst bleiben."

Der Eisberg sprach sehr weise und ich verstand ihn, seine Metapher. Es ist wichtig, den Dingen auf den Grund zu gehen. Zu ergründen, warum etwas ist, wie es ist. Nur das Verständnis darüber wird die nächsten Schritte ermöglichen. Verständnis zu entwickeln, neue Pläne zu schmieden und zu vergeben.

Ich war auf dem Eisberg und Friede erfüllte mich. Ein Friede, der vollkommen war und nichts brauchte. Als Mensch hatte ich mich nach diesem Zustand gesehnt und nun begriff ich, dass alles mit mir beginnt und auch endet. Ich erschaffe Frieden in mir oder auch nicht. Und es hängt damit zusammen, was ich denke. Gedanken sind Energie und haben die Fähigkeit sich in Realität zu wandeln.

Der Eisberg meldete sich erneut. Ich freute mich schon, was er zu sagen hatte und ich hörte ihn lachen:

„Jo, du selbst bist dein Wunder! Zweifle nie an deinen Gefühlen, deiner Wahrnehmung. Es liegt in deiner Macht, den Eisberg in dir zum Schmelzen zu bringen, die Wahrheiten zu entdecken, die darin verborgen liegen. Das bedeutet auch Freiheit."

Ich wiegte mich mit dem Eisberg im Rhythmus des Wellengangs des Meeres, das uns umgab. Es herrschte eine einvernehmliche Stille, die gefüllt war mit Erkenntnis und Harmonie.

Ich weiß nicht, wie viel Zeit vergangen war, als der Eisberg wieder sprach:

„Es ist Zeit für dich zu gehen." Die Worte klangen in mir nach. Und ich vertraute seinen Worten, machte mich leicht und öffnete meine Seele.

Über mir sah ich einen Schatten und ich spürte die Bewegung des Windes. Ein riesengroßer Adler schwebte über mir. Sein gelber Schnabel öffnete sich zum Ruf und ohne mein Zutun saß ich plötzlich auf seinem Rücken.

Ich fühlte, wie das Leben in mich zurück kehrte. Langsam. Es pulsierte in mir. Ich wusste, es wurde Zeit, zurück zu kehren.

Der Adler trug mich durch Flussauen, endlose Wälder, über Gebirge, die mit Schnee bedeckt waren und immer fühlte ich mich sicher und geborgen bei ihm. Dann setzte er zur Landung an. Vor uns erstreckte sich eine schier endlose Hängebrücke und ich hatte keine Ahnung, was sie überspannte. Ich konnte nicht sehen, wohin sie führte. Der Adler stieß erneut einen lauten Schrei aus und landete sanft vor der Hängebrücke. Ich glitt von seinem Rücken. Jetzt hatte ich wieder einen Körper. Ich spürte ihn nicht nur, sondern sah ihn auch.

Dann hörte ich den Adler in meinen Gedanken:

„Diese Brücke verbindet das Reich der Toten mit dem der Lebenden. Wer einmal im Totenreich angekommen ist, bleibt meist auch. Doch hin und wieder – so wie bei dir Jo – ist es Jemanden gestattet, wieder zurück zu kehren. Das kann vielerlei Gründe haben. Sonst bräuchte es ja auch keine Brücke zwischen den Welten, sondern eine Einbahnstraße."

Eine sehr gute Erklärung, fand ich. Dann verbeugte ich mich tief vor dem Adler und er nickte mir mit seinem Kopf zu. Als ich keinerlei Anstalten machte, zu gehen, gab er mir mit einem seiner Flügel einen leichten Schubbs in Richtung der Brücke. Danach faltete er seine Flügel auseinander und stieß sich vom Boden ab und flog in die Weite des Universums.

Unsicher stand ich vor der Hängebrücke. Darüber sollte ich jetzt gehen? Da spürte ich den Sog von der anderen Seite der Brücke. Auch wenn ich nicht sehen konnte, wohin sie mich bringen würde, war klar, was ich zu tun hatte.

In einiger Entfernung, direkt auf der Brücke, stand Fips. Er lächelte mich an und streckte eine Hand nach mir aus.

„Komm Jo. Es geht nach Hause. Du warst so tapfer und mutig."

Ich lachte ihn an und ging auf ihn zu. Die Brücke wackelte sehr, als ich auf ihn zulief. Mir stockte der Atem. Als ich Angst bekam, dachte ich an alles, was ich in der anderen Dimension erlebt hatte. Ich stieß den Atem mit einem dumpfen „ahhhh" aus, hüllte mich in grenzenloses Vertrauen und ging weiter.

Bald hörte ich Stimmen, die mir vertraut waren. Sie riefen meinen Namen und ich wollte ihnen antworten. So lief ich weiter, immer Fips vor mir sehend. Dann wurde es wieder dunkel und ich fühlte nicht mehr diese Leichtigkeit. Ich war irritiert und ratlos, doch Fips erklärte es mir:

„Keine Sorge Jo. Du bist wieder in deinem Körper. Hab einfach Geduld. Es dauert noch ein klein wenig, bis du wieder ganz da bist."

Der zweite Geburtstag

Ich öffnete die Augen. Es fiel mir unsäglich schwer. Sie waren bleischwer und mit mir aller zur Verfügung stehenden Kraft zog ich die Augenlider hoch.

Da standen sie – meine beiden Brüder und deren Frauen und sahen mich glücklich an.

„Er ist wieder da!" Diese vier Worte hörten sich an, wie ein Kanon. Sie griffen nach meinen Händen und drückten sie und ich versuchte, diesen Druck zu erwidern. Ich war total kraftlos. Sprechen konnte ich noch nicht.

In den nächsten Tagen erfuhr ich, dass ich elf Monate und einundzwanzig Tage im Koma gelegen hatte. Die Ärzte mussten noch abwarten und prüfen, ob ich mit Langzeitfolgen rechnen musste. Zu viel hatte ich meinem Körper zugemutet.

Mein Körper fühlte sich zu klein an. Er passte mir nicht mehr. Zu lange war ich fort gewesen in der Unendlichkeit und Ewigkeit des Seins. Fips beruhigte mich, dass es ganz normal war, so zu fühlen. Wenn die Seele so lange „Ausgang" hatte, wie meine und dann zurück kehrt, dann kann es schon sein, dass der Körper sich nicht mehr richtig anfühlt, zu klein für den Moment ist.

In der anderen Dimension gibt es keine Körperlichkeiten. Dort ist alles Energie und Energie hat keine Grenzen. Als Mensch bin ich begrenzt: im Denken und Fühlen und der Körper ist die Festung, die dem physisch Grenzen setzt.

Ein Mensch ist so viel mehr - kann so viel mehr sein, wenn er vertraut und Geduld hat. Das kleine Energiestaubkorn, das ich war, durfte so viel entdecken und verstehen.

Fips strahlte, wenn er bei mir am Bett saß oder davor stand. Ich kam mir vor, wie damals, als ich mein Abi bestanden hatte. Er war unglaublich stolz auf mich, das wusste ich.

Nur — wer würde das verstehen? Wem konnte ich davon erzählen, ohne dass ich das Prädikat „noch sehr verwirrt" bekommen würde? Mein Bedürfnis war riesengroß, mich mitzuteilen. Noch konnte ich nicht sprechen, weil ich dazu einfach zu schwach war.

Ein Vorteil meiner langen „Abwesenheit" war, dass ich praktisch meinen Entzug vom Alkohol und Medikamenten verschlafen hatte. Ich glaube, dass mein schlechter Zustand auch darauf zurückzuführen war. Und meine Seele hatte in den vielen Monaten sehr viel erlebt, gelernt und das alles musste nun verarbeitet und integriert werden.

Wenn ich allein im Bett meines Krankenzimmers lag, schloss ich meine Augen und dachte an meine Seelenzeit zurück. So nannte ich sie für mich.

Es war ungeheuer wichtig für mich, diese Erinnerungen am Leben zu halten und nicht verblassen zu lassen. Ich wollte sie nie vergessen, keine Einzelheit davon. Das war schwierig. Denn auch wie Träume vergehen und wir sie nicht festhalten können, so war es auch mit meinem Trip. Ich machte es zu meinem Tagesprogramm, die Erinnerung daran frisch zu halten. Für mich selbst und auch, um später davon erzählen zu können. So lag ich im Bett und erinnerte mich. Ich durfte einfach nichts davon vergessen.

Eines Tages, es war früh am Morgen, stand Fips am Fenster und blickte auf den Garten des Krankenhauses hinunter. Als ich erwachte, drehte er sich sofort um und sah mich an. Sein Gesicht leuchtete und er freute sich:

„Guten Morgen Jo. Hab keine Angst. Du wirst eines Tages ein Buch darüber schreiben. Gut, dass du deine Erinnerungen pflegst, bis es soweit ist. Dein Buch ist wichtig. Es wird viele Menschen geben, die es brauchen. Und auch du brauchst es. Ich bin so unendlich stolz auf dich Jo!"

Er hatte einen langen, weißen Arztkittel an und um den Hals hing ein Stethoskop. Der Klassiker im Krankenhaus. Ich lächelte.

Wenn meine Brüder zu Besuch kamen, brachten sie mir Pizza oder Burger mit. Sie hatten die Befürchtung, dass das Krankenhausessen nicht meinen Geschmack traf und ich ja schließlich wieder zu Kräften kommen musste.

So verging die Zeit und mit jedem Tag, der verging wurde ich kräftiger. Bisher hatte ich immer noch keinem Menschen von meinen Erlebnissen erzählt.

Fips sagte dann einmal unvermittelt zu mir – als wir gerade „Ich-sehe-was-was-du nicht siehst" spielten:

„Jo, du solltest dir überlegen, was du mit deinem Leben anfangen willst, wenn du aus dem Krankenhaus entlassen wirst."

Ich hörte ihm kaum zu, sondern beschwerte mich gerade bei ihm, dass er in unserem Spiel einen wirklichen unfairen Vorteil als Engel hatte. Fips lachte und meinte, dass ich mich schon immer darüber beschwert habe. Auch, als ich noch ganz klein war. Ich glaube, Fips und ich haben dieses Spiel wirklich schon tausende Male gespielt. Ich mochte es. Obwohl es wirklich unfair war. Punkt.

Mein himmlischer Freund wiederholte gerade noch einmal, worüber ich mir Gedanken machen sollte.

„Überleg dir einfach, was du schon immer gerne tun wolltest. Wobei du glücklich bist. Eigentlich ist es doch sehr einfach, oder?!"

Ja. Eigentlich sehr einfach, möchte man meinen. Und so nutzte ich die Zeit, um in mich hinein zu hören.

Das Schwierige dabei ist, dass die Stimme des Verstandes sehr oft die leise Stimme des Herzens und der Seele übertönt. Und es ist keine leichte Aufgabe, die Stimmen unterscheiden zu lernen. Der Verstand ist ungemein wichtig. Keine Frage. Er hilft mir, die Dinge zu verstehen, überlegt zu handeln und vorausschauend zu planen. Und gleichzeitig möchte er immer das letzte Wort haben. Verzwickt. Den Verstand im Zaum zu halten und ihn in seine Schranken zu weisen, ehrlich, ich glaube, ein Sack Flöhe ist da leichter zu hüten.

Im Grunde ist es jedoch wirklich sehr einfach, versichert mir Fips auch heute noch. Ich bin alleiniger Schöpfer meiner Gedanken. Sie steuern und prägen mich, sie schenken mir Glück oder Unglück. Das ist wirklich so. Kein Mensch oder Umstand hat Einfluss auf mich, außer ich gestatte es. Deswegen ist es auch so verwirrend und schwierig, MEIN Leben zu leben. Zu viele

Einflüsse stürmen auf mich von außen herein. Sie beeinflussen bewusst und unbewusst mein Handeln und Denken.

Fips meint, weswegen es so immens wichtig ist, im Lauf des Lebens immer wieder inne zu halten und zu überprüfen, was ICH bin und was ICH möchte.

Ich sehnte mich zurück, als ich ein Staubkorn im Universum war. Alles war so leicht dort gewesen. Ich hatte keinerlei Schwierigkeiten, zu verstehen und mich dem hinzugeben, was im Moment war. Das Verstehen war nicht gleichzusetzen mit zum Beispiel dem Lösen einer Rechenaufgabe oder Gleichung. Dieses Verstehen funktionierte auf einer anderen Ebene. Es war eher ein Verständnis für das Sein überhaupt. Nichts war damals kompliziert gewesen. Klar, ich brauchte eine Weile, um mich praktisch umzuswitchen. Bis mein Menschsein sich völlig gelöst und von meiner Seele getrennt hatte.

Nach diesem Zustand sehnte ich mich, als ich Bett des Krankenhauses lag und langsam wieder gesund wurde. Mein Körper war an Beschränkungen und Grenzen gebunden, an Schmerz und Unzulänglichkeiten. Wer einmal die Freiheit schmeckte, dem wird es schwer fallen, wieder Gitterstäbe vor sich zu sehen.

Auch hier beruhigte mich Fips:

„Deine Seele hat sich für diesen Weg entschieden. Dein Menschsein ist enorm wichtig für gewisse Erkenntnisse, die dir deine Seele allein nicht geben könnte. Irgendwann einmal hat deine Seele beschlossen, als Mensch eine Zeit lang auf der Erde zu sein. Und deine Seele kennt diesen Zustand, nachdem du dich verzehrst, sehr sehr gut. Und trotzdem hat sie beschlossen, als Mensch, als Jo, zu existieren. Das ist Wachstum."

Und dann eines Tages durfte ich nach Hause gehen. Meine Brüder und ihre Frauen hatten mein Haus samt Garten in Ordnung gehalten und der Kühlschrank war gut gefüllt. Ich schickte ihnen eine WhatsApp und bedankte mich. Ich wollte allein sein und hatte ihnen verboten, mich heim zu bringen und täglich bei mir aufzutauchen.

Die Ärzte im Krankenhaus sagten mir zum Abschied, dass ich gut auf mich achtgeben musste. Mein Körper hatte sehr gelitten und es konnte sein, dass ich mit Spätfolgen rechnen musste. Ich war wütend auf mich selbst. Was hatte ich mir da nur angetan? Doch meine Reue kam in dieser Hinsicht zu spät. Andererseits – es war nie zu spät für ein besseres Leben. Vielleicht war mein Körper dazu bereit, über manches hinweg zu sehen. Vielleicht. Ich wusste, dass ich ihm einiges zugemutet hatte. Doch wenn Herzen heilen können, warum nicht auch misshandelte Körper? Ich wollte daran glauben. Narben blieben in den Herzen und am Körper, das schon. Glaube ist das Fundament für das Leben von morgen. Glaube und Vertrauen setzen ungeahnte Energien frei und können das Unmögliche möglich machen.

Ich hatte gesehen und erfahren, das Wunder nicht so weit entfernt sind.

Wie geht es weiter?

Ich wollte niemanden um mich haben und ich fühlte mich allein. Was für ein Dilemma.

Als ich das letzte Mal in meiner Wohnung war, führte das zu meinem völligen Absturz und ins Koma. Das Gefühl war einfach sonderbar, wieder hier zu sein. Alles sah aus, wie immer und doch war zwischenzeitlich so viel passiert, wie nur passieren kann.

Meine Küche war tip top aufgeräumt und ich öffnete den Kühlschrank. Ich sah Käse und Aufschnitt, ein wenig Joghurt und Obst darin liegen. Alles ganz frisch. An Flaschen gab es nur Milch, Orangensaft und Wasser. Ich zuckte mit den Schultern. Ich brauchte nichts anderes mehr.

Ich ging auf die große Fensterfront zu und sah mich im Spiegelbild darin: dünn war ich geworden und mein Haar war ziemlich lang. Und ich hatte den energiegeladenen Gang verloren. Ich schob die Tür auf, die zur Terrasse führte, hielt den Orangensaft aus dem Kühlschrank in der Hand und setzte mich in einen Sessel der bequemen Sitzecke. Die Sonne war am untergehen und vergoldete mit ihrem verglimmenden Schein meine kleine Welt.

Ich würde mich schon wieder eingewöhnen, dessen war ich mir sicher. Veränderungen sind generell nicht so einfach. Da sich der Mensch an und für sich gerne an seine Gewohnheiten hält, weil ihm das Sicherheit vermittelt, so waren die Veränderungen der letzten Zeit für mich der wahre Supergau. Doch was sollte ich machen, außer mich damit abfinden und den Dingen eine neue Richtung geben?

Natürlich hatte ich mir im Krankenhaus viele Gedanken gemacht, wie es weiter gehen konnte. Und ich hatte mir aufgeschrieben, was ich gern tun wollte, was schon lange an Wünschen in mir verborgen lag:

Nach dem ich die Liste geschrieben hatte, war ich verblüfft. Fips lächelte nur und nickte. Er sagte:

„Tu alles Jo, alles, was dir Freude macht, was dich wachsen lässt. Tu all das, was dein Herz und deine Seele dir zuflüstert. Das ist Glück."

Doch was mir am allerwichtigsten war:

Ich wollte Vorträge halten über mein Leben. Was ich erlebt hatte in dieser und der anderen Welt. Ich war der festen Überzeugung, dass es Menschen geben würde, die davon profitieren würden. Und klar – auch für mich würde es bedeuten, weiter daran wachsen zu können.

Ich wollte gern den Menschen etwas geben, von dem ich in der Vergangenheit reichlich abbekommen hatte: Zuversicht und Vertrauen, der Glaube an Wunder, Hoffnung und unendliche, bedingungslose Liebe.

So saß ich auf meiner Terrasse und fing zu lächeln an. Mein Zuhause fühlte sich immer mehr wie mein Zuhause an und ich streckte meine Beine weit von mir und trank Orangensaft aus der Flasche.

Über finanzielle Dinge brauchte ich mir keine Gedanken zu machen. Der alte Jo hatte verdammt gut verdient und das Geld gewinnbringend angelegt. Ich besaß außerdem zwei, drei Immobilien, die vermietet waren. Also Geld war nicht das Problem.

Jetzt musste ich nur einen guten Plan entwerfen und ihn dann umsetzen. Mit jeder Minute, die verging, wuchsen meine Energie und meine Freude auf die Zukunft.

Ich dachte an das sonderbare Fernsehprogramm, in dem Emma die Sprecherin gewesen war. Ich dachte an die blonde Frau im Schlafzimmer und dann auf dem Schiff und ich dachte an das blonde, kleine Mädchen, das sich in meine Arme geworfen hatte und mich „Papa" nannte.

Was, wenn dies meine Zukunft sein könnte?
Was, wenn ich mich nur darauf einlassen musste?
Was, wenn ich genug Vertrauen dafür aufbringen konnte?
Was, wenn das Glück dann schon auf mich wartete?
Was, wenn ich nur loszulassen hatte, damit es passieren konnte?

Ich setzte die Orangensaftflasche wieder an meine Lippen und trank gedankenverloren. Mein Lächeln wurde immer breiter.

Jetzt hatte ich einen Plan. Ich würde nicht auf die Frau und das Kind warten … ich würde meine Träume und Visionen verwirklichen und der blonden, hübschen Frau und dem süßen Kind die Möglichkeit geben, mich zu finden. Keine akribische Suche, kein ständiges daran denken. Einfach geschehen lassen. Ich vertraute darauf, dass alles geschehen konnte, wenn ich mir selbst treu blieb.

Und ich schickte direkt aus meinem Herzen ein Stückchen Liebe und Dankbarkeit zu Emma. Sie wird immer wichtig für mich sein, denn sie hat mein Leben total verändert. Sie war ein bedeutsamer und prägender Teil meiner Vergangenheit. Die Liebe, die ich durch sie erleben und erfahren durfte, wird auf ewig in meinem Herzen leben, doch die Zukunft wartete darauf, neu geschrieben zu werden.

Das Glück ist schon da

Ich denke nicht mehr über das Glück nach. Wozu auch? Ich lasse es geschehen, tue, was mir Freude macht und lebe mein Leben. Dem heftigen und zornigen Verlangen nach Glück schenke ich die Freiheit. Denn alles, was frei ist, hat die Möglichkeit zu geschehen. Klammern beinhaltet ein „muss" und wird mir Stress verursachen.

So lasse ich den Dingen ihren Lauf und vertraue darauf und glaube daran, dass das Glück mich finden wird.

Ich bin weit davon entfernt, perfekt zu sein. Doch ich habe mich und das Leben gefunden, das ich möchte.

Unzulänglichkeiten und Fehlentscheidungen gehören zum Leben. Ich werde mit Sicherheit auch in der Zukunft nicht darauf verzichten, einfach weil ich Mensch bin. Es wird einfach so sein. Ich habe keine Angst mehr, vor Veränderungen. Kein Stillstand, sondern Wachstum.

Heute kann ich sagen: ich bin sehr sehr oft glücklich! Viel mehr, als dass ich unglücklich bin. Auch das Unglücklichsein gehört zum Leben. Das habe ich verstanden. Glück und Unglück gehören zusammen.

Die Sonne muss am Abend untergehen, nur so kann sie am nächsten Morgen wieder erwachen.

Es kommt nur darauf an, was man mit dem tut, was einem zur Verfügung steht. Und wie man über die Dinge denkt.

Das Glück wartet schon um die Ecke auf mich. Die vielen kleinen und großen Dinge, die meine Augen strahlen lassen, mein Herz wärmen und auf meinen Mund ein Lächeln zaubern.

Glück ist vergänglich. Ich kann es nicht festhalten, doch es wird mich immer wieder finden, dessen bin ich mir heute absolut sicher.

Inhaltsverzeichnis:

Joseph über Joseph	Seite 7
Die Spinne	Seite 19
Auf dem Friedhof	Seite 25
Joseph und die Liebe	Seite 32
Emma und noch Jemand	Seite 44
Josephs Mutter	Seite 56
Emma erbarmt sich	Seite 66
Rendevouz	Seite 74
Annäherung	Seite 83
Ein Traum wird wahr und wieder zerstört	Seite 95
Depressionen	Seite 111
Leichter gesagt, als getan	Seite 116
Flucht in eine andere Dimension	Seite 126
Die Muschel	Seite 133
Der Eisberg	Seite 143

Der zweite Geburtstag	Seite 150
Wie geht es weiter	Seite 158
Das Glück ist schon da	Seite 162

Weitere Bücher:

* *Ich nehm dich mit an einen Ort*
* *Himmelsstürmer*
* *Blick ins Innere*
* *Was zählt ist der Moment*
* *Der Kirchenmaler*
* *Waldmagie*
* *Traumfänger*
* *Der Spiegel der Seelen*
* *Der Campus-Geist*
* *Nur eine Tür*
* *Schattenlichter*
* *Das Licht ist verpackt in Dunkelheit*
* *Der Mönch auf dem Rücksitz*

* *Der Typ mit den Hörnern, Band 1*
* *Glöckchen, der Teufel und ich, Band 2*
* *Miese Laune in der Hölle, Band 3*
* *Mission Loki, Band 4*
* *Höllen-Finale, Band 5*
* *Himmlisches Fegefeuer, Band 6*
* *Lilith, die Höllentochter, Band 7*